KB064471

가장 별난 것

메리 루플 산문집

민승남 옮김

가장 별난 것

The Most of It

Mary Ruefle

차례

당신에게

일러두기

1. 책은 《 》, 노래와 단편물은 〈 〉로 표기했다.
2. 본문의 각주는 한국어판 번역자와 편집자가 달았다.
3. 원문에서 대문자나 이탤릭체로 강조된 부분은 고딕으로 표시했다.

우리는 묘지에 들어서자마자 서로를 잃어버렸다. 무덤들
사이로 뻗어 오른 나무들이 시야를 가렸고, 아무리 외쳐
불러도 대답을 들을 수 없었다. 그러다, 처음 잃어버렸을
때처럼 갑작스럽게 서로를 발견했고….

츠베탕 토도로프

눈

눈이 내리기 시작하면, 나는 섹스를 하고 싶다. 눈발이 가볍게 흩날리든, 아니면 밤늦도록 폭설이 쏟아지든, 그 순간 내가 어떤 방식으로 삶을 표현하고 있었는지에 관계없이 그걸 중단하고는 섹스를 하고 싶다. 상대는 늘 같은 사람, 나처럼 눈을 마음 깊이 받아들이는 사람, 사무실에서 일하다가, 회의 도중에, 혹은 고된 육체 활동을 하다가, 어쩌면 다른 사람과 섹스를 하다가 중단하고서 눈을 맞으며 나에게로, 온통 눈뿐인 마음속에서 이미 섹스를 시작한 나에게로 올 사람이다. 그 사람도 나처럼 눈이 궁극의 상태, 궁극의 기쁨을 나타낸다고 여긴다. 그것이 기쁨과 슬픔을 넘어서는 궁극의 상태일지라도 말이다. 나는 강의실에 있다가(난 선생이니까) 책을 덮고 일어나, "눈이 내리니 나는 섹스를 하러 가야겠어요,

안녕."이라고 말한 뒤 밖으로 걸어 나가고 싶다. 그러면 나는 눈이 내리기 시작한 무렵에 자동차 시동을 걸고, 그도 앞 유리에 눈송이가 내려앉는 자기 차의 시동을 걸고 있음을 안다. 만일 그가 집에 있다면, 내리는 눈을 바라보며 내가 눈에 덮인 모습으로 10분, 아니면 20분, 아니면 30분 이내에 도착하리라 생각할 것이다. 만약 눈이 그쳤다면 우리는 인간으로서 결정을 내릴 수도 있지만, 눈이 내리는 동안에는 그럴 수 없으며 오락가락하는 눈이라 해도 그것에 복종해야만 한다. 나는 폭설이 내릴 때면 시야에서 완전히 사라진 새들이 모두 어디로 갔는지 궁금해진다. 그리고 그럴 때마다 덤불 깊은 곳이나 나무속 후미진 구석, 숲 깊숙한 자리, 눈이 닿지 못하는 나뭇가지 위의 새들을 생각한다. 눈이 내리는 동안 깊숙이 몸을 숨긴 채, 눈에 무감하지는 않되 자신의 무력함을 절실히 받아들이는, 온기를 얻기 위해 깃털 덮인 머리를 수그린, 타고난 나름의 용감한 방식으로 눈을 견디는 새들을. 새의 상징인 날개는, 눈이 내리면 무용지물이 된다. 나는 눈이 내리는 동안 실

14

내에서 섹스를 하면서도 새들을 생각하고 싶고, 내 연인 또한 나만큼 새들에 대해 생각하는 걸 좋아하길 바란다. 왜냐하면 눈이 내리고 있고, 우리는 모포 아래 혹은 위에서 섹스를 하고 있으며, 새들은 그리 멀다고 할 수 없는 곳, 눈의 정적과 침묵 깊숙한 곳에 있고, 새들의 가슴엔 여전히 색깔이 있으며, 새들의 심장은 뛰고 있고, 새들은 사방에 눈이 내릴 때에도 숨을 들이쉬고 내쉬기 때문이다. 하지만 새들에 대해 생각하는 건 묘지에, 무덤에, 묘비에, 관 위에 내리는 눈을 바라보는 것만큼 매력적이진 못하다. 나는 무덤 위로 내리는 눈을 지켜보는 것이 좋다. 눈이란 얼마나 차가운지, 돌보다도 차갑다. 그러나 가장 차가운 건 땅이고, 죽은 자의 유골은 땅속에 있다. 그래도 죽은 자들은 차갑지 않고, 눈이 오든 안 오든 그들에겐 거의 상관이 없다. 아니, 아무 상관이 없다. 다만 죽은 자 위로 눈이 내리는 걸 지켜보는 우리에겐, 묘지가 눈에 덮이는 걸 지켜보는 우리에겐, 유골 위 무덤에 쌓인 눈이 몹시도 차갑다. 유난히 차갑게 느껴진다. 그와 동시에 유난히 평온한 느낌이 들기도 하는데, 잠든 이들 위로 눈이 고이 떨어지는 것 같아서다. 눈이 급히 내리고 있을 때조차 평온한 느낌이 드는 건, 잠든 이들이 평온하기 때문이다. 그들은 근심 걱정을 모르며, 눈이 오는 내내 잘 것이고, 눈이 그친 후에도 잘 테니까. 그리고 나는 눈이 내리는 동안 섹스를 하면서도 그 조용하고 차가우며 평온하게 잠든 이들을 기억하고 싶다. 그들은 스스로를 깃털 속에 자리 잡은 새처럼 생각할 수는 없지만, 그래도 얼마간은, 눈의 일부이다. 눈이 땅에 대한 불변의 헌신을 보이며 내리면, 세상의 모든 근심은 사라진 듯하고 연인 품에 안겨 침대에 깊이 파묻힌 나처럼 세상도 침대에 깊이 파묻힌 듯하다. 그래, 이렇게 눈이 내리면 온 세상이 나와 함께 고립과 정적 속에 든 것만 같다.

여름 캠프에서

오늘 아침엔 죽이는 일에 대해 조금 이야기하고 싶습니다. 알다시피 죽이기는 결코 쉬운 일이 아닙니다. 죽이기에는 만족이란 게 있을 수 없지요. 우리는 죽이는 일에 삶의 시간을 제일 많이 할애하면서도 그것을 꺼리는 때가 많습니다. 죽이기는 너무나 느리고 실망스러운 일로 보일 수도 있습니다. 계속해서 나아갈 힘을 주는 격려도 제대로 받지 못하면서 싸우고, 싸우고, 또 싸우는 일이 죽이기니까요. 하지만 우리는 저마다 노력해야만 합니다. 우리는 어릴 때 빨리 커서 죽이는 일을 시작하고 싶어 조바심치지만, 나이가 들자마자 실상 그것이 얼마나 어려운 일인지 온전히 깨닫게 됩니다. 밤의 어두운 분투들은 비밀로 교묘히 감추어집니다. 제가 어렸을 적 아버지는 이런저런 군사 시설에 저를 자주 데려가셨는

데, 그때마다 먼저 작은 문을 지나야 했으며 그곳을 지키는 초병이 우리에게 손을 흔들면 우리도 손을 마주 흔들어야 했습니다. 물론 그것은 사실 거수경례였지만, 그런 경례도 살짝 손을 흔드는 것처럼 보이고 실제로 살짝 손을 흔듭니다. 어린 저는 서로 초면인 두 사람이(아버지와 보초병은 모르는 사이임에 분명했습니다) 상대에게 그렇게 공개적이고 다정한 애정을 표시하는 모습에 큰 감명을 받았습니다. 그 경이로운 감정은 오랜 세월 제 마음에서 떠난 적이 없으며 오늘 제가 여기 여러분 앞에 서도록 인도했다고도 볼 수 있습니다. 초면인 두 사람이 서로에게 그런 식으로 무언의 선의를 표현할 수 있다면, 우리가 죽이는 일을 할 때는 그런 행위가 훨씬 더 많이 일어나야 하지 않을까요? 가장 위대한 죽이기는 그처럼 친밀한 관계를 맺을 수 있는 경이로운 능력을 지닌 낯선 사람들 사이에서 일어나니까요. 생각해보십시오! 세상 어딘가에 여러분을 기다리는 생면부지의 누군가가 있는데, 그는 여러분이 자기를 매우 진심 어리고도 가슴 아픈 방식으로 죽여주기를 기다리고 있습니다. 어쩌면 그가 여러분을 죽일 수도 있겠지요. 그러니 삶이란 그토록 장엄하고 불가해한 것입니다. 저는 여러분이 근본적으로 선한 마음을 지녔으며 삶이 주는 모든 것을 누릴 자격이 있음을 알기에, 그리고 언젠가는 여러분의 용기가 그런 용기를 지닌 몸들을 파괴할 것임을 알기에, 지금 떨면서 이 이야기를 하고 있습니다. 자, 그럼 이제 여러분이 카누를 타러 나갈 수 있도록 이야기를 마치겠습니다. 하지만 오늘 물 위에서 노를 저을 때, 여러분 각자가 자신의 두 팔이 지닌 힘에 대해서 잠시 생각해 보시기를 바랍니다.

밀려난 자의 오랜 슬픔

불은 나의 벗이지만, 나는 불에게 말하지 않고 불이 나에게 말한다. 불은 그 백열의 균열들로 떨고 분노하고 불평하다가, 가끔은 아침을 향해 아주 여린 말을, 푸른 빛깔의 조용한 말을 한두 마디 건네기도 한다. 나는 불의 말을 듣는 일에 싫증을 느껴본 적이 없다. 음악도 나의 벗이지만, 음악은 나에게 말하지 않고 내가 음악에게 말한다. 내가 말하면 음악은 군말 없이 들어주며 내 감정을 모두 흡수하고, 그러면 나는 음악이 내게 귀 기울이고 있음을 느낄 수 있다. 음악은 내 말을 듣는 일에 싫증을 내는 법이 없는 것 같다. 우리들, 불과 음악과 나는 하나의 가족을 이룬다. 완전하진 않으나 그런대로 유지될 수 있는 가족을. 하지만 나는 불만이 하나 있다. 불과 음악이 방에 함께 있을 때는 그 둘이 서로 이야기를 나누고 내겐 말을 걸지도, 내 말을 들어주지도 않는다는 것이다. 이를테면 어느 비 오는 날 우리 셋이 방에 들어가 시간을 보내는데, 불과 음악이 대화를 나누기 시작한다. 처음에는 아마도 내게 방해가 되지 않으려고 소곤소곤 이야기하지만, 이내 그들의 대화는 한껏 고조되어 둘 사이에 아주 많은 무언의 동의가 이루어진 듯하고, 한편 그사이에 점점 더 외로워진 나는 결국 창가로 간다. 내 집에서 그저 엿듣는 처지가 된다.

반려동물과 시계

반려동물은 시간을 알 수 있는 좋은 방법이다. 시계
보다 나은 것이, 시간은 사물의 위치 변화를 측정하
는 척도인데 반려동물을 키우다 보면 먹이 줄 시간,
운동시킬 시간, 공을 새로 바꿔줄 시간, 발톱 깎일
시간, 조심스레 목욕시킬 시간, 빠진 털을 진공청소
기로 빨아들일 시간 등등이 속속 다가오기 때문이
다. 그러다가 마침내 반려동물이 죽음을 맞이하는
슬픈 날이 오고, 그러고 나면 다른 동물을 들일 때가
된다. 반면에 시계는 겉보기와는 달리 시간을 알 수
있는 방법으로 아주 형편없다. 그저 제자리에 앉아
있거나 아니면 벽에 걸려 있을 뿐, 우리에게 시간을
상기시키는 일은 거의 하지 않는다. 물론 우리가 사
는 이 나라에서는 1년에 두 차례 시간이 앞당겨지거
나 뒤로 밀리고* 그때마다, 그러니까 시간의 가짜 생

일마다 시계를 두고 약간의 법석을 떨게 되지만, 시
계는 그것 말고는 그다지 요구하는 게 없다. 시간을
아끼고자 한다면 시간의 가짜 생일날 시계에 넣을
건전지를 사서 다음 생일 때 선물을 챙길 필요가 없
도록 할 수는 있을 것이다. 하지만 이러한 몇 안 되
는 불편함을 제외하면 시계를 보살피는 일은 시간에
주목하는 방법이 될 수가 없다. 우리가 시계를 집에
들이는 것이 바로 그런 목적 때문인데 말이다. 사실
시계는 죽은 반려동물보다도 나을 것이 없다. 나 자
신은 시계도 반려동물도 없으며, 당신은 나에게 시
간을 위해 무엇을 하는지 물을 수도 있겠지만, 나는
그 질문을 조금 다르게 바꿔보고 싶다. 시간은 나를
위해 뭘 했나? 별로 한 게 없어 보인다. 시간은 나에
게서 젊음, 에너지, 힘, 기백, 어린 시절에 유명할 정
도로 남달랐던 활력, 그리고 한때 탐스러웠던 머리
칼의 천연 기름기까지 앗아갔다. 한때는 나도 작은
금붕어에 투자할 수 있을 만큼 시간이 충분하다고

* 서머 타임 제도.

23

느낀 적이 있었지만, 슬프게도 그 금붕어는 키운 지 이틀 만에 어항 밖으로 튀어 나가려는 장렬한 시도 끝에 죽음을 맞이했다. 그러나 금붕어는 어항 밖으로 튀어 나갔으면서도 어항 안에 그대로 있기도 한 것이, 줄리언 바버라는 이름의 영국 물리학자는 시간이 우리가 흔히 인지하는 것처럼 하나의 지나가는 연속체로 존재하는 게 아니라고 믿는다. 시간은, 우리의 시간은, 지상에서의 시간은 서로 연결되지 않은 완전히 별개의 단위들로 이루어져 있으며, 이 영원히 발생하는 순간들에는 과거도 없고 미래도 없다는 것이다. 이런 식으로 시간을 본다면, 내 금붕어는 새 어항 속에서 영원히 행복하게 헤엄치고 있고, 무모한 장난으로 혹은 발작적인 절망에 휩싸여 영원히 튀어 오르고 있는 것이 된다. 이는 보는 이의 시각에 따라 달라지며, 그 시각 또한 시간의 지배를 받는다. 노인과 젊은이의 견해는 서로 일치하지 않을 것임에 분명하기 때문이다. 하지만 이 다른 세계, 별개의 영원한 단위들의 세계에서는, 당신의 반려동물은 제 밥그릇을 보고 낑낑거리고 있으므로 먹을 걸 줘야 하지만 방금 식사를 마치고 불가에 누워 있으므로 먹을 걸 줄 필요가 없기도 하다. 그리하여 당신의 반려동물은 시간을 알리는 가장 부정확한 방법이 되고, 반면 벽난로 위의 생명 없는 시계는 아무에게도 의존하지 않고 시간의 경과에 지배되지 않는 별개의 단위로서 마침내 때를 만나 자신의 진정한 목적인 시간을 알리는 일을 수행할 것이며 그 시간은 앞당겨지지도 늦춰지지도 않고 그 어떤 조정도 요구하지 않을 것이다. 비록 그날이 찾아와 시계가 우리들의 집에서(우리들의 마음에서는 아닐지라도) 정당한 자리를 되찾게 된다고 해도, 지금 사람들이 시계를 보며 관습적으로 하는 말을 그때도 여전히 하게 될 것인지 나는 궁금해지곤 한다. "삶을 살아왔다는 건 얼마나 아름다운 일이며, 죽을 수 있다는 건 얼마나 큰 축복인가."

안개의 시간

아버지는 죽고 나서 말했다. 죽는다는 것은 자신이 짐작했던 것보다 더 오랜 시간이 걸리는 일이었노라고. 그때 아버지는 죽은 상태가 아니었지만 우리는 그 사실을 몰랐다. 아버지의 눈은 무언가의 원천이 기를 멈춘 지 오래였던 데다 몸은 판자처럼 뻣뻣했으며 맥박도 없었다. 어머니와 나는 마치 진리를 탐구하는 사람들처럼 아버지가 해야만 했던 모든 이야기에 관심이 무척 많았다. 아버지는 심지어 지금도 몹시 고통스럽다고, 하지만 그걸 설명하거나 묘사할 방법은 딱히 없다고 말했다. 아버지는 이야기하는 것이 고통스럽다고, 다른 무엇보다도 고통스럽다고 말했는데, 왜냐하면 죽는다는 것은(아버지는 그것에 대해 묘사할 수가 없었다) 그리 대단한 게 못 되고, 우리는 그것에 대해 이해할 방법이 없으며, 우리 자신이 죽을 때쯤엔 아버지는 이미 떠난 지 오랜 뒤일 것이기 때문이었다. 아버지는 아직 아무도 이 사실을 모르고 있지만 복도 아래쪽에 죽은 여자가 하나 있으며 자신은 그 여자와 대화를 할 수 있음에도 그녀가 듣지 않는다고 했다. 그 말을 들은 어머니는 신경을 곤두세웠고, 나는 어머니의 팔을 잡아주었다. 그러던 중 아버지가 사람들이 죽으면 이 세상 것이 아닌 작은 표시들을 보고 서로 죽은 걸 알아본다는 이야기를 하고 있던 참에 닥터 필모어가 들어왔고, 그는 아버지가 괜찮을 거라고 말했다. 물론 정확히 그렇게 말한 건 아니었고, 그의 표현을 그대로 옮기자면 "쇠못 박힌 낡은 판자가 다시 수달이 되었다" 고 했다. 그게 우리 아버지였다. 누구든 우리 아버지에 대해 알게 되는 데 긴 시간이 걸리지 않았으며, 그로부터 여섯 시간 후인지 며칠 후인지 몇 주 후인지 우리로선 확실히 알 수 없는 때에 죽은 아버지의 말에 따르면 그것은 죽는 데 걸리는 시간보다도 훨씬 짧았다. 생전에 본인이 아이슬란드의 해안가에 서서 노래를 부르는 동안 우리가 바닷물에 떠내려가고 있

는 듯한 기분을 느끼도록 만들길 좋아했던 아버지다
운 모습이었다.

이끼

나는 숲에 가서 이끼를 따 오고 싶었다. 미술 작품을 만드는 데 이끼를 사용하고 싶었다. 이끼는 금세 바스러질 것 같은 비늘 모양의 조직을 가진 데다 아주 작은 면적에 동일한 색이 다양한 색조로 나타나 있기 때문이었다. 나는 이끼에 뿌리가 없다는 건 분명히 알았지만, 이끼를 따면 이끼의 삶이 중단된다거나 어떤 식으로든 불안정해지는 것인지에 대해선 확신할 수 없었다. 이끼를 따는 것이 혹여 납치 비슷한 행위가 될 수 있다면 일찌감치 그만두고 싶었다. 나는 이끼가 지상에서 가장 오래된 생물체에 속할 만큼 매우 오래 살았으니 마땅히 존중받을 자격이 있다는 점을 상기하면서도, 동시에 어린 이끼 또한 존재할 수밖에 없겠다는 생각을 했다. 살아 있다면 이끼도 꽤 주기적으로 번식을 해야 할 터이니, 이끼의 일부는 어릴 수밖에 없지 않은가. 나는 어린 이끼와 늙은 이끼를 구분하는 법을 몰랐고, 어린 이끼들과 늙은 이끼들이 함께 사는지도 몰랐으며, 어린 것들과 늙은 것들 중 어느 쪽이 납치하기에 더 적합한지도 몰랐다. 생물은 늙을수록 생명 주기의 끝에 더 가까워지고 따라서 납치의 해악도 덜하다는 게 일반적인 진실이지만, 어릴수록 삶에(이 경우엔 바위나 나무껍질에) 덜 단단히 달라붙어 있어서 그것을 주변으로부터 떼어낼 때 저항이 덜하여 따기가 수월하다는 점 또한 일반적인 진실이었다. 만일 늙은 이끼가 바위나 나무껍질에 매우 악착같이 달라붙어 있다면 '옳은' 일을 하기가 더 어려울 것이고, 어린 이끼를 정당하게 달래어 바위나 나무껍질에서 떼어낼 수 있다면 '그른' 일을 하기가 더 쉬울 것이다. 나는 외투를 입고 숲으로 들어가 내 이끼를 따기 전에, 집에 앉아서 이런 생각들을 했다. "내" 이끼라니, 이미 내 소유물이 된 듯했다. 나는 최대한 혼란을 없애기 위해 죽은 이끼만 모아 오기로 결심했다. 이끼는 내가 속한 종이 아니었고 그들은 죽은 이끼를 매장하지는 않을 것임을 나는 알고 있었다. 그러니 죽은 이끼가 숲속 어디에나, 살아 있는 것들 사이에, 아주 늙은 이끼와 몹시 어린 이끼 사이에 널려 있을 테고 난 그것들을 발견하게 될 것이었다. 하지만 어떻게? 어떻게 살아 있는 이끼들 사이에서 죽은 이끼를 알아볼 수 있을까? 분명 죽은 이끼는 감지 가능한 움직임을 보이지 않겠지만, 살아 있는 이끼 또한 감지 가능한 움직임을 보이지 않을 터였다. 나는 살아 있는 것과 죽은 것의 차이를 알 수 없다는 걸 인정해야만 했다. 그 무능함이 충격으로 다가왔다. 그것이 내 기준이라면, 물론 다른 점들에서는 더 어려울지라도, 차라리 곰을 잡아 오기가 더 수월할 것이었다. 나는 사람들이 용감하게 숲으로 들어갈 때 어째서 종종 곰을 염두에 두는지를 얼마간은 확신을 갖고 이해하면서 문을 나섰다.

물 한 잔

냉장고 문을 열어야만 했다. 내가 마시고 싶은 물이 거기, 냉장고 맨 위 칸에 놓인 유리 주전자에 차갑고, 깨끗하고, 나의 갈증 해결에 최적인 상태로 들어 있었기 때문이다. 그러나 나는 빛이 두려웠다. 냉장고 문을 열 때마다 켜지는 빛, 아니, 어쩌면 늘 그 안에 켜져 있는 빛이. (어느 쪽이 맞는지는 알기 어려웠다.) 나에겐 물을 원하는 마음보다 빛에 대한 두려움이 더 컸다. 그래도 물을 마시고 싶은 갈증이 너무 강렬했기에, 때로는 냉장고 문에 손을 올린 채 빛의 반응보다 빠르게 문을 열 마음의 준비를 했다. 가끔은 순전히 무의식적으로 냉장고 문에 손을 뻗기도 했다. 물이나 빛에 대해 생각하지 않고, 무엇보다도 (냉장고 문을 열면서도) 연다는 의식 없이 아주 빨리 열면 그 빛을, 그리고 대부분의 두려움이 그러듯 지

레짐작으로 생겨나는 두려움을 극복할 수 있으리라 믿으면서. 하지만 뜻대로 되지 않자 나는 빛의 근원, 즉 전구가 완전히 소모되는 불가피한 결말에 이를 때까지 기다리자는 몹시 합리적인 생각을 품게 되었다. 그렇지만 그 몇 년의 기간 동안 내가 단 한 번도 냉장고 문을 열지 않는다면 어떻게 소모가 일어날 수 있을 것인지가 문제였고, 그렇게 기다리는 동안 내가 갈증으로 죽어버릴 매우 현실적인 가능성 역시 걸림돌이 되었다. 그 빛을 다 소모시키려면 자꾸자꾸 사용하는 것밖에 다른 도리가 없을 듯했고, 그래서 냉장고 문을 자꾸자꾸 열다 보니 공교롭게도 이제는 물보다 빛에 더 집중하게 되었다. 나는 물을 마시겠다는 생각은 까맣게 잊은 채 탈수 증세와 점점 더 심각한 위기를 불러오는 빛 공포증에 이끌려, 신발도 신지 않은 양말 바람으로 부엌 냉장고 앞에 서서 연거푸 문을 여닫고 있었다.

노란 스카프의 여인

아침에 침대에서 책을 읽고 있었다. 나는 아침에 침
대에서 책 읽는 걸 좋아해서 30일에 한 번은, 두세
시간씩, 대개 일요일에 그렇게 하려고 한다. 아침에
침대에서 책을 읽는 건 다른 시간에 읽는 것과는 다
르다. 하루의 시작이니까. 이때는 정신이 맑고 생기
가 넘치며 감수성도 예민하여 가끔 다른 시간이었다
면, 특히 늦은 시각, 한밤중이었다면 놓쳤을 구절을
포착하기도 한다. 한밤도 책을 읽기에 좋은 시간이
고 그때 놓치지 않는 것들도 있지만, 아침에 놓치지
않는 것들과는 다르다. 내가 그 여자를 본 것도 바로
아침이었다. "한 여자가 머리 위로 노란 스카프를 들
고서 지나갔다." 이 장면은 알베르 카뮈의 소설*에

* 카뮈의 단편소설 〈자라나는 돌〉.

등장한다. 어느 프랑스인 엔지니어가 브라질의 외딴 마을에 있고, 그 마을의 촌장은 그에게 병원에서 지낼 수 있게 해줬는데, 그 병원의 이름은 신기하게도 '행복한 기억'이다. 하지만 아무것도 없는 마을에 지은 병원은 그 시설을 사용할 마을 주민들에게 행복한 기억일 테니 그리 신기할 것도 없다. 우리의 주인공은 '행복한 기억' 병원에서 잠이 깨고, 밖에는 비가 내린다. 그는 비를 맞고 있는 창밖의 알로에 무리를 바라보고, 이어서 이 문장이 나온다. "한 여자가 머리 위로 노란 스카프를 들고서 지나갔다." 간단한 문장이고, 이야기에서 중요한 부분을 차지하지도 않는다. 우리의 숙녀께서는 그 후로 다시는 등장하지 않으며, 그녀가 169쪽에(내 책에서는) 존재하지 않더라도 소설에서 꼭 필요한 순간이 빠진 것처럼 보이지도 않을 것이다. 그러나 이 순간에 이 여자에게는 그 노란 스카프가 필요하다. 비가 내리고 있고, 그녀는 병원 앞을 지나가고 있으며, 머리칼 혹은 머리 혹은 몸이 젖는 걸 원하지 않는다. 다행히 그녀에겐 노란 스카프가 있어서 두 손으로 돛처럼 펼쳐 머리 위

35

로 들 수 있을 테고, 아니면 그 스카프는 삼각형이라 턱 밑에서 잡고 있는 건지도 모른다. 그 여자는 누구일까? 어디로 가는 길이며 어디서 오고 있는 걸까? 몇 살일까? 자녀가 있는 부인일까, 아닐까? 하기야 이런 게 무슨 차이를 만들겠는가. 이 허구의 여자는 하나의 문장에서 탄생하고 죽으며, 그녀의 그 순간은 노란 스카프를 든 채로 우리를 지나치고, 그녀는 카뮈의 이야기에 등장할 운명을 지녔는데. 그녀의 운명에 대해 생각하니 이보다 더 나빴을 수도 있었던 게, 토머스 길버트의 이야기 속에서 창밖으로 지나갔을 수도 있지 않은가. 확실히 여자는 자신이 누구의 이야기 안에 있는지가 얼마나 중요한지를 알 수 있기에, 어쩌면 그녀는 이 아침을, 노란 스카프를 들고 등장하는 것을 택했는지도 모른다. 예리한 작가라면 그 스카프에 주목하지 않을 수 없을 테니까. 하지만 그렇다고 해도 그녀의 운명은 찬사의 대상이 되지 못한다. 어느 날 비가 내리고, 그녀는 노란 스카프를 쓰고 빗속으로 나서며, 그 후로 다시는 눈에 띄지 않고 소식도 들을 수 없다. 말하자면 실종자가 되는 것인데, 우리는 그녀의 이름이라든가 생김새조차 알지 못한다. 그 스카프가 실크로 만들어졌으며 카나리아 색에 세계 지도가 그려져 있는지도 확실치 않다. 우리 집 현관 옷장에는 그런 스카프가 나무 옷걸이에 둘러져 있는데, 나는 그 스카프를 오래전부터 갖고 있었지만 비가 오든 안 오든 단 한 번도 사용한 적이 없다. 그 스카프를 어떻게 소유하게 되었는지 또한 기억나지 않는다. 아마 누가 줬을 것이다. 그러나 1950년대 브라질의 그 외딴 마을에서, 그 노란 스카프는, 글쎄, 어쩌면, 그래, 실크였을 것이다. 나는 나보다 앞선 시대에 태어난 사람은 누구나 암흑의 시대를 살았을 거라고 생각하는 버릇이 있다. 시쳇말로 그보다 진실과 동떨어진 건 없지만, 나는 진실과 극도로 멀리 떨어진 사람들을 어디에서나 볼수 있다. "한 여자가 머리 위로 노란 스카프를 들고서 지나갔다." 나는 평소에 보는 스카프나 여자를 절반도 기억하지 못한다. 하지만 그 여자는 달랐다. 그녀는 고개를 당당히 든 채 빗속에서 길을 걷고 있었고, 나는 그녀가 중요한 비밀 임무를 수행 중이라고 믿게 되었다. 무슨 임무인지 내가 결코 알 수 없을 임무를 말이다. 그리고 나는 그녀가 노란 모피에 싸서 흰 가죽 반지 상자에 넣어둔 집게손가락 끄트머리를 몸 어딘가에 숨기고 다녔으며 그 손가락은 나의 것이라고도 믿게 되었다. 내가 글을 따라가는 데 사용하곤 했던 나의 손가락이라고. 손가락으로 글을 따라갔던 건, 내게 글은 항상 밤에 홀로 걷고 있는 것처럼 보여서였다. 백주대낮에도 글은 늘 한밤에 홀로 걸었으며, 고백건대, 그렇다, 나는 글을 그림자처럼 따라다녔다. 글 뒤에 그림자처럼 따라붙은 채로, 늘 거기에 있고 늘 비어 있으며 좁고 가망 없고 단 하나의 단서도 제공하지 않는 그 뒷골목을 나는 누비고 다녔던 것이다.

벤치

남편과 나는 우리 집 뒤뜰에 놓을 벤치를 사는 문제로 입씨름을 벌이고 있었다. 벤치가 놓일 곳은 뒤뜰에서 실상 초원이라고 할 수 있는 부분으로, 깔끔하게 다듬지 않고 자연 그대로 두어 키 큰 잔디와 잡초가 무성하고 간간이 야생화가 보이는 반 에이커쯤* 되는 땅이다. 이 벤치는 거의 사용되지 않을 것이고 여름에 풀이 높이 자라면 일부는 가려질 터였다. 우리 둘 다 티크로 만든 벤치를 원했는데, 그래야 악천후 속에서 오래 견디고 페인트를 칠할 필요도 없을 것이기 때문이었다. 티크는 세월과 함께 부드러운 은빛으로 변색되고, 11월이나 3월이면 우리 삶의 배경을 이루는 회색 산들에 섞여들어 눈에 띄지 않을

* 약 600평.

것이었다. 남편은 4피트*짜리를, 나는 5피트**짜리를
원했다. 그게 우리의 다툼거리였다. 남편은 그 벤치
에 두 사람(아마도 우리 자신) 이상이 함께 앉을 일
은 없으므로 4피트 길이면 된다고 우겼다. 나는 남
편의 논리가 핵심에서 벗어나도 완전히 벗어났다고
느꼈다. 나는 남편에게 말했다. 나에게 가장 중요한
것은 벤치 그 자체, 벤치가 거기 있는 모습, 실제로
거기에 앉을 사람보다 많은 인원을 수용할 수 있다
는 아주 막연한 생각만을 품고서 바라볼 벤치라고.
벤치가 실제로 제공할 수 있는 그 어떤 실용적 기능
보다도 내 상상 속 벤치의 삶이 더 중요했다. 결국
우리가 벤치를 원하는 건 그것을 보기 위해서, 우리
가 거기에 앉아 있는 모습을 상상하기 위해서라고
나는 주장했다. 예기치 않게 새 한 마리가 날아와 앉
거나, 낙엽이 떨어지거나, 눈이 쌓일 수 있도록 하기
위해서. 그러니 벤치가 더 길고 넓으면, 그것의 진정
한 기능에 더 적합해질 것이다. 상상 속의 기능 말이

* 약 1.2미터.
** 약 1.5미터.

다. 그러자 남편은 돈 문제를 언급했고, 나는 4피트 짜리 벤치를 놓느니 차라리 벤치가 없는 편이 낫고 그러면 돈도 안 들 것이라고 대꾸했다. 4피트짜리 벤치보다는 아예 벤치가 없는 것이 5피트짜리 벤치에 더 가깝다고, 벤치가 없는 것도 5피트짜리 벤치를 갖는 것과 유사한 방식으로 상상력에 기여한다고 말했다. 그리하여 벤치를 사지 않는 것은 우리의 논쟁에서 또 하나의 선택지, 그러니까 세 번째 벤치가 되었다. 우리는 이 세 벤치들에 대해 옥신각신하는 일에 지쳐서 논쟁을 하루 쉬었다. 이 하루 동안 나는 볼일이 많았고 그 일들로 차를 운전해 여러 집을 지나치게 되었는데, 그 어느 집에도 벤치가 없었다. 집집마다 세 번째 벤치가 있었다는 이야기다. 차를 몰고 다른 집들을 지나다 보니 세 번째 벤치가 여기저기서 보였다. 가끔은 세 번째 벤치가 집과 아주 가까이에, 벽에 붙어 있거나 현관 앞에 있었고 나무 아래나 잔디밭(깎았든 안 깎았든) 위에도 있었다. 어떤 집에서는 차고로 들어가는 진입로 끝에 놓여 길을 막고 있기도 했다. 내가 본 그 세 번째 벤치들은 길고 윤기

나는 것이든 망가진 것이든, 등받이가 얇은 널빤지로 된 것이든 탄탄한 목재에 조각 장식이 새겨진 것이든, 모두 5피트짜리였고 늘 비어 있었다. 그러나 남편에게 세 번째 벤치는 오직 4피트짜리였으며 그에겐 항상 두 사람이 앉아 있는 모습만이 보였음을 나는 알았다. 그 두 사람이란 행복하거나 혹은 지쳐 있는 두 사람, 살아 있어서 행복하거나 자신들이 앉아 있는 벤치를 사고자 열심히 일해서 지친 두 사람이었다. 어쩌면 행복하면서도 지쳐버린 두 사람, 입씨름이 끝나서 행복한 동시에 그동안 다투느라 피곤에 지쳐버린 두 사람일 수도 있었다. 두 사람에게 그 벤치는 비로소 고통이 끝남으로써 결실을 맺게 된, 그들이 지나온 나날의 상징이었다. 늘 비어 있는 내 벤치에서는 아무것도 시작되지 않았기에 아무것도 끝나지 않았다. 내 벤치는 늘 그 자리에서 누군가 앉아주기를 기다렸지만 아무도 거기에 앉진 않았다. 그리고 그 벤치는 누구든 눕고 싶으면 다리를 쭉 뻗고 누울 수 있을 정도로 길었다. 그렇게 그날 하루가 지나갔다. 또 다른 하루가 이어졌고, 남편과 나는 다

시 한번 벤치에 대해 의논하기 시작했다. 우리의 목
소리는 새로운 관심과 활력을 드러내 보였다. 나는
그가 내 의견 쪽으로 방향을 바꾸는 것을 감지했고,
그도 내가 그의 의견 쪽으로 방향을 바꾸는 걸 감지
했음을 알 수 있었다. 어느 시점에 내가 그에게 4피
트짜리 벤치는 진짜 벤치를 향한 간략한 메모를 연
상시키는 한편 5피트짜리는 그보다 훨씬 더 긴 벤치
의 한 단편 같기도 하다는 말과 함께 그 차이를 구분
하기 어려울 때가 있음을 시인했기 때문이었다. 남
편 역시 간략한 메모와 단편의 차이를 전혀 모르겠
다면서 그 두 벤치 간의 차이는 아마도, 어쩌면, 상
상컨대 거의 없을 거라며 내 말에 동의했다. 그러고
나니, 우리가 이야기하고 있었던 건 결국 1피트였다.
그리고 그 순간이었던 것 같다. 우리 두 사람의 마음
속에서 네 번째 벤치가 탄생한 것이. 1피트 길이밖에
되지 않는 벤치, 미니어처 벤치, 우리 손으로도 만들
수 있는 벤치. 물론 우리는 그 벤치를 만들지 않았지
만. 본질적으로 우리는 그 벤치에 대해 이야기하고
있었던 듯했다. 한참 후, 새들이 돌아왔을 때, 낙엽이

떨어졌을 때, 눈이 처음엔 천천히 가볍게 흩날리다
가 나중에는 펑펑 쏟아졌을 때, 우리 두 사람이 창밖
의 벤치를 내다보았을 때 보였던 것이 바로 이 벤치
였다. 마치 아무런 벤치도 없다는 듯 풀이 계속 자라
던 초원에 마침내 우리가 놓아둔.

기념물

작은 전쟁이 끝났다. 모든 전쟁이 그렇듯, 그 전쟁도 끔찍했다. 세상에 존재했던 것들이 이제 사라지고 없었다. 나는 살아남았고 살아남은 자들은 돌아오므로, 살아남은 자들에겐 달리 할 일이 남아 있지 않으므로, 나는 돌아왔다. 나는 전쟁과 관련된 긴 여행을 했고, 전쟁이라는 불바다의 중심부까지 다녀왔다. 그리고 이제는 공원 벤치에 앉아 오리들이 연못에 내려앉거나 하늘로 날아오르는 걸 지켜보고 있었다. 오리들 역시 살아남았다. 물론 그들이 전쟁 전의 그 오리들인지 아니면 전쟁 때 죽은 오리들의 새끼인지 나로선 알 길이 없었지만. 수도의 날씨는 포근했고, 사람들은 코트도 입지 않은 채 온기에 취해 걸어 다녔다. 그 온기는 그들을 집어 삼켰던 전쟁의 열기가 아니었다. 그것은 종식된 그 전쟁의 기념물에 대한 아이디어를 발전시켜 줄, 그리고 나를 참전 용사 건축가로 만들어줄 팽창의 온기였다. 나는 이 기념물에 관한 아이디어를 내달라는 요청이 있으리라는 걸 알았고, 머릿속의 그런 아이디어들에서 탈출하고자 목적 없이 공원으로 들어온 것이었다. 나는 전쟁이라는 불바다의 중심부에 들어갔었고, 그곳에서 살아 돌아온 건 오직 탈출의 기술뿐, 다른 기술들은 그 기술을 지녔던 사람들과 함께 죽어버렸으니까. 그날 저녁에는 친구들과 함께 식사를 했다. 식당, 극장, 상점 들을 다시 연 수도는 마치 거대한 테이블보를 공중에서 탁탁 털고 있는 듯했다. 삶이 다시 반듯하게 펴지고 제자리를 찾아 지속될 수 있도록. 나는 먹고 싶은 갈망을 품고 있었고, 식사가 끝나면 내가 제일 좋아하는 디저트인 체리 주빌레*를 주문하여 불타오르듯 새빨간 체리가 테이블 한가운데 놓이게 하고 싶었다. 또한 거대한 접시에 담긴 영원히 불타오르는 체리 그림을 위원회에 제출하여 불

* 바닐라 아이스크림에 체리를 곁들인 후식.

바다였던 전쟁의 기념물로서 공원 한가운데에 놓이게 하고 싶은 마음도 있었다. 그러면서도 한편으로는 그런 우스꽝스런 아이디어가 당연하게 무시되어 성가신 일 없이 평화를 누릴 수 있길 바라는 마음도 있었다. 내가 체리보다도 갈망했던 것이 평화였으니까. 위원회가 내 아이디어를 탈락시킨 뒤 자리에 남아 다른 사람들의 디자인을 두고 근무 시간이 한참 지날 때까지 싸우는 광경이 눈에 선했다. 그들의 싸움은 도저히 끝날 것 같지 않았고, 나는 그들의 그런 모습을 전쟁 기념물의 아이디어로 제공하고 싶었다. 연못 중앙의 섬에 놓인 회의용 테이블을. 그들 가운데 최소한 몇 명은 고통받는 역할을 기꺼이 받아들여야 하겠지만 말이다. 나는 그런 생각을 하다가 땅에서 이름 모를 곤충 한 마리가 자신의 앞길을 위협하는 거친 풀잎들을 헤치고 힘겹게 나아가며 고독한 존재를 이어가는 걸 보았다. 그러곤 근처에 있던 막대기를 주워 그 동물(녀석을 그렇게 부를 수 있다면) 주위로 원을 그렸다. 그러자 평범한 드라마가 펼쳐지던 무대가 순식간에 전쟁터로 변했는데, 몸이 기울어진 상태로 허둥대며 제자리를 맴도는 곤충의 모습이 조금 전보다 더욱 필사적으로 보였던 것이다. 그것은 내가 이 상황에 관심을 기울여서만이 아니라 지금 그 곤충이 열심히 탈출하고 있는 경계선이 하나 더 생겼기 때문이기도 했다. 그 순간 나는 시선을 들었고, 곧이어 일어난 일은 한동안 말을 잊게 만들었다. 나는 식수대를 보았던 것이다. 그 식수대는 갑자기 등장한 게 아니라 늘 그 자리에 있었을 터였다. 내가 그 옆을 지나쳐 벤치에 앉을 때도 거기에 있었을 것이고, 어제도 거기에 있었을 것이며, 전쟁 중에도, 전쟁 전의 오후에도 매일 거기에 있었을 것이다. 그것은 받침대 위에 수반이 놓인 소박한 암회색의 구식 식수대였는데, 그 자리에 평범한 물체로 서 있다가 형언할 수 없는 선물, 문명의 경이가 된 것이었다. 나는 그 식수대가 작동하는지 확인하고 싶은 욕망을 주체할 수 없었기에 벤치에서 일어나 소심하게 다가갔고, 평범한 여자가 할 법하게, 몸을 굽히고 손잡이를 잡고서 수도꼭지에 입을 가까이 댔다. 나는 그것과 입맞춤하고 싶었고, 입맞춤을 하려고 했다. 그러다 문득 내가 조금 전 벤치에서 일어나며 그 곤충을 밟아 죽였다는 사실을 깨달았고 그 끔찍한 생각에 경악했다. 그 곤충이 내 왼발 아래에서 죽는 소리가 다시금 귓가에 울렸다. 하지만 그것 때문에 나의 입맞춤을 중단하지는 않았다. 처음엔 조금씩 졸졸 흘러나오던 물이 마침내 아치를 그리며 내 입에 닿자 나는 공원에서 빠져나갈 비밀 탈출로를 궁리하기 시작했고 한동안 그 생각에 골몰하게 될 것 같았다. 그런 뒤 나는 그 기적의 물을 입 안에 머금은 채 고개를 들었고, 날아가는 오리들과 그 오리들의 날개에서 떨어진 물방울이 연못으로 되돌아가는 모습을 보았다. 그리고 불현듯 내가 삼킬 수 있다는 사실을 놀라워하며 기억해 냈고, 입 안의 물을 삼켰다. 그러자 몇 해 전, 전쟁 전에 한가로이 책을 읽다가 얻게 된 신비한 지식이 하나 떠올랐다. '스페큘럼'*이란 대부분의 사람들이 섬뜩하게 여기는 도구일 뿐 아니라 고대의 거울이기도 하고, 모든 중세

* 'speculum'에는 의학용 검사경, 반사경, 중세의 학문 전반에 걸친 개요 논문, 오리류의 두 번째 날개깃에 있는 푸른색 광택 등 다양한 의미가 있다.

지식의 개요이기도 하며, 대다수 오리들과 일부 다른 새들의 날개 아래쪽 부분에 있는 색깔이기도 하다는 것이었다. 그리하여 나는 마음이 더없이 평온해진 상태에서 우리 집 다락방으로 돌아가 전쟁 기념물에 대해 구상할 수 있었고, 내가 디자인한 기념물은 위원회에서 뽑히지 않았기에 세워지진 못했지만 나에게만큼은 남아서 종식된 전쟁의 종식을 기념해 주었다.

아름다운 날

우체국 가는 길에 우연히 R과 마주쳤다. 우리는 한 해 전, 아니 여러 해 전 투표소에서 성姓이 같다는 걸 발견하게 되면서 약간 안면이 생긴 사이였다. 우리는 투표 대기 줄에 앞뒤로 서 있었고, 나는 우리 둘의 대화를 생생히 기억한다. 우리가 실제로 이야기를 나눈 건 아니었지만, 내 앞에 서 있던 한 남자가 두꺼운 커튼으로 가려진 비좁은 기표소 안으로 들어가 장장 5분 동안 시야에서 사라지고 그 5분이 그에게 공포의 시간일 것임을 동병상련의 심정으로 이해한다면, 앞서 말했듯이 그와 대화를 나누진 않았음에도 그런 상황에 놓였던 우리가 어떻게 서로를 잊을 수 있겠는가? (공직 선거에 출마한 비범한 인물들의 그 수많은 이름을 도저히 기억할 수 없는 사람이라면 그 공포를 알 텐데, 그래서 나는 투표 전날 저녁에 볼펜으로 그 이름들을 손바닥에 써놓았지만 결국엔 손에 땀이 나 글씨를 알아볼 수 없게 되어버렸다.) R이 기표소에서 나왔고, 자원봉사자가 내 이름을 불렀다. 그때 투표소를 가득 메운 사람들 중에서 직전에도 똑같은 이름이 불렸다는 걸, 아니면 최소한 바로 전에 불린 이름이 다시 불렸다는 점을 알아채지 못한 이는 단 한 명도 없었을 것이다. 그렇게 우리가 소개되고 난 이후, 우리 사이엔 거의 아무 일도 일어나지 않았다. 물론 어쩌다가 마주치면 끄덕임이, 고개의 끄덕임이 있었다. 그것은 사사로운 동시에 어딘가 감동적인 끄덕임이었으며, 매력적이면서 개방적이고 호의적인 끄덕임이었다. 우리의 이러한 감정 교환은 가끔은 그가, 가끔은 내가 먼저 보여주었다. 하지만 나는 수줍음이 많은 사람이고, 동네 사람들의 눈에도 항상 그렇게 비칠 것이다. 나는 우체국에 가고 있었다. 아니, 실은 우체국에 도착해 그 앞에 서 있었다. 그때, 내 머릿속 상상은 아니었으리라 생각하는데, R이 아주 분명한 목소리로 말했다. "안녕하세요." 이 뜻밖의 신기한 관계 진전에 앞서 끄덕임이 있었던 것 같진 않지만, 당시 나는 그 친밀함에 너무 놀라 끄덕임이 선행되었는지에 대해 생각할 경황조차 없었다. 혹 끄덕임이 나중에 있었던가? 기억이 안 난다. 나는 심신의 기능을 통제하는 능력이 와르르 무너지지 않도록 무척 조심하며 R에게 말했다. "안녕하세요." 처음 발화된 후 재깍 따라 나온 이 단어에 나는 완전히 압도되고 말았다. 여태껏 열정을 마음속에만 꽁꽁 감추고 살아온 두 영혼 사이에 그러한 소통의 힘이 가능하다니. 그 순간, 아름다운 날이라는 깨달음이 들었다. 실제로 그날은 모든 것이 넘치도록 풍성한, 찬란하게 빛나는, 무척이나 아름다운 날이었다. 맑고 푸른 하늘을 가로질러 우리 머리 위를 곧장 떠가던 구름에 열렬한 환호를 보내듯 깃발이 나부꼈고, 우체국 건물의 벽돌 벽에 딸린 창가 화단에는 앙증맞은 크로커스 꽃들이 눈부신 자태로 도열해 있었다. 내겐 그 꽃잎들이 R이나 내가 그다음에 무슨 말을 할지 촉각을 곤두세우고 있는 민감한 귀들처럼 느껴졌다. 어쩌면 그러한 환상 때문에 나는 주저했던 것 같다. 내가 느낀 것, 내가 진실이라고 확신한 것을 입 밖에 내기를. "아름다운 날이네요."라는 말을. 나는 망설이면서 스스로에게 묻기도 했다. 그런 고백은 너무 성급하고 경솔하진 않을까? 두 "안녕하세요."가 너무 급속도로 진행되어 R도 나처럼 이미 벌어진 모든 일을 감당할 수가 없어서 떨고 있을지도 모르는데, 너무 이르진 않을까? 내가 그 하루를 무섭도록 부적절한 속도로 몰아붙이고 있음을 (그날의 부인할 수 없는 아름다움이 그걸 자극했다 할지라도) R도 느끼지 않을까? 이러한 생각과 이와 비슷한 더 많은 생각을 하느라 나는 R이 떠나기 전 그토록 하고 싶었던 그 충동적인 표현을 끝내 하지 못했다. R은 주저하지 않았다. 그건 분명했다. 그는 구름처럼 우체국 안으로 흘러 들어갔다. 그때 고개 인사가 있었는지 없었는지는 모르겠지만. (나는 왜 좀 더 주의를 기울이지 않았을까?) 나는 크로커스 꽃들과 우리 모두의 머리 위로 펄럭이는 깃발 곁에서, 얼어붙은 듯 서 있었다. 그러곤 그 즉시 활기찬 마음으로 집을 향해 발걸음을 옮기자고 결심했다. 그 아름다웠던 하루와, 그리고 잠깐이지만 다정한 모습을 보여주었던 미래와 다시 발걸음을 맞출 수 있기를 기대하면서. 미래에는 이 작은 순간들을 따라잡을 수 있기를, 다시 그런 기회가 왔을 때는 나란히 발맞추어 나아갈 수 있기를 바라면서.

나의 탐조 일지

8월 19일 그 작은 새들은 일주일이 지나서야 씨앗을 발견했다. (녀석들은 굴뚝새일까?)

8월 23일 어느 날엔가 비둘기 한 마리가 무리에 합류했는데, 몸집이 더 큰 비둘기는 '거만해' 보였고 굴뚝새들은 비둘기에게 경의를 표하는 듯 '공손해' 보였다.

(얼마 후) 나는 데어리 퀸* 근처 덤불에서 새 한 마리를 보았다. 그 새는 야위어 보였다.

(얼마 후) 열 마리쯤 되는 작은 굴뚝새들이 씨앗을

---

* 미국의 아이스크림 체인점.

쪼아 먹고 있는데 누군가 길에서 오토바이의 시동을 걸었다. 굴뚝새 아홉 마리가 제일 가까이에 있는 나무로 즉시 날아갔지만, 한 마리는 그러지 않았다. 그대로 남아 계속해서 씨앗을 먹었다.

a) 그 새는 다른 새들보다 똑똑했던 걸까?
b) 그 새는 다른 새들보다 멍청했던 걸까?
c) 그저 귀가 안 들렸던 걸까?

잠시 후 나무에 있던 굴뚝새들이 일제히 날아올랐고, 홀로 씨앗을 쪼아 먹던 굴뚝새는 그걸 (눈으로) 보고는 곧장 다른 새들에 합류했다. 혼자 뒤에 남겨지고 싶지 않았던 것이다! 다른 새들이 나무로 날아오를 때는 조금도 신경 쓰지 않더니.

8월 24일 매 한 마리가 하늘 높이 맴돌고 있다.

8월 25일 일부 새들이 나에게 자기 이름을 말해줬고, 나머지 새들은 아직 조용하다.

(얼마 후) 빨간색 프리스비 원반에는 물을, 파란색 프리스비 원반에는 씨앗을 담아 평평한 검정 아스팔트 싱글 지붕 위에 올려두었고, 나는 부엌 창턱에 앉아 거기에 모여든 굴뚝새들을 지켜보고 있다. 이렇게 보낸 시간이 얼마였는지는 기록할 엄두가 나지 않는다.

8월 26일 새들은 아침을 먹으러 오고, 저녁을 먹으러 온다. 점심은 어디에 가서 먹는 걸까?

8월 28일 새들을 제대로 관찰하기 위해 오페라글라스를 샀다.

8월 29일 작은 금색 씨앗이 다 떨어져서 검은 해바라기 씨로 바꿨다. 널리 알려진 대로 해바라기 씨는 양질에다 모든 새가 좋아하는 모이이다. 나는 아침에 찾아온 새들에게 '깜짝 선물'이 될 수 있도록 한밤중에 씨앗을 바꿔놓았다. 그런데 아침에 새들은 전혀 '깜짝하는' 기색을 보이지 않고 아무런 변화도 없는 듯 행동한다. 아니, 어쩌면 새들이 '연기'를 하고 있는지도 모르겠다.

(얼마 후) 새들은 정말로 연기를 하고 있다. 저 굴뚝새들은 새 씨앗에 기뻐하지 않고, 먹지도 않고 있다! 씨앗 자루를 끌고 계단을 오르는 일의 수고로움을 녀석들은 알기나 할까?

8월 30일 비둘기가 와서 끔찍한 짓을 벌인다. 도무지 이해할 수 없는 짓을. 프리스비 원반 안에 서서 씨앗에 머리를 처박고 도리질을 해 씨앗을 죄다 흩어놓는다. 씨앗을 먹지는 않고 원반 밖으로 쓸어내어 온 지붕에 늘어놓는다. 무언가를 찾고 있는데 그게 안 나오기라도 한 듯 성난 모습이다.

(얼마 후) 진실을 말하자면, 우리가 새들에게 모이를 주는 건 사실 새들에 마음을 쓰기 때문이 아니라 새들을 지켜보고 싶어서다.

(얼마 후) 그런데 그 비둘기는 그 새들에게 마음을 써주고 있었던 걸까? 그 큰 새가 작은 새들을 돌보고 있었던 걸까? 왜냐하면 이제 그 큼직한 씨앗들이 지붕에 흩어져 있고, 작은 굴뚝새들이 모두 와서 씨앗을 즐겁게 쪼아 먹고 있기 때문이다.

9월 1일 오늘은 이른 아침에 산타클로스처럼 보이는 홍관조 한 마리가 난데없이 나타났다.

(얼마 후) 오늘이 새들의 크리스마스인지도 모른다는 생각이 문득 든다. 얼른 뭔가 특별한 걸 준비해야겠다.

(얼마 후) 나가서 프렌치프라이 여섯 봉지를 사다가 원반 안에 조심스레 세워서 배치해 놓았다.

(얼마 후) 비둘기 한 마리가 날아왔는데, 이 부드러운 연회색 비둘기는 몸집이 작지만 굴뚝새들보다는 크다. 비둘기는 사랑의 새인데 어찌 짝도 없이 날아왔을까? 이 중간 크기의 비둘기는 실연당한 새임에 분명하다.

중간 크기의 실연당한 비둘기가 내 프렌치프라이를 먹는다.

크리스마스 날 아침에 중간 크기의 실연당한 비둘기가 프렌치프라이로 배를 채우고 있는 모습보다 더 처량한 광경이 있을까?

9월 2일 크리스마스 다음 날에 큰 비둘기 두 마리와 굴뚝새 열 마리, 홍관조 한 마리, 중간 크기의 실연당한 비둘기 한 마리가 오하이오의 한 아스팔트 지붕을 찾아와 감자를 먹고 있는, 타지마할보다도, 그 무엇보다도 보기 좋고 아름다운 광경이 세상천지에 또 있을까?

(얼마 후) 우리에게 주어진 하늘 한 조각 역시.

9월 3일   굴뚝새는 '위로 들린 꼬리 깃털'을 갖고 있
으며 그것이 다른 종과 구별되는 특징이라고 하는
데, 갈색과 회색으로 이루어진 나의 작은 굴뚝새들
은 그렇지 않다. 그 새들은 목관 악기의 얇은 리드처
럼 생긴 평평한 꼬리를 가졌다.

(얼마 후) 우리가 사랑하는 대상에는 결코 이름을
붙일 수 없는 것일까?

9월 4일   새에 대해선 책을 찾아볼 수도 있겠지만,
우리가 사랑하는 것을 책에서 찾아보는 일은 죄가
된다.

9월 9일   내가 본 가장 아름다운 찌르레기는 윤기가
흐르고 눈부시게 빛났으며 목과 머리 부분은 선명한
남색을 띠었고 청록색 목걸이를 하고 있었다.

9월 10일 수전의 말에 의하면, 다른 새들이 모두 도망가는 동안에도 혼자 남아 게걸스럽게 씨앗을 먹고 있었던 그 작은 굴뚝새—아닌—굴뚝새는 더욱 깊고 지속적이며 비극적인 공포를 억누른 결과 씨앗에 대한 불굴의 탐욕이 야기된, 더 깊은 갈망의 한 증세로서 '필사적인 폭식' 현상을 보인 것이었다. 그러니까 그 새는 다른 새들보다 공포가 덜했던 게 아니라 더해서 그대로 머물러 있었다는 의미다.

9월 11일 한 비둘기는(양비둘기다!) 온몸이 몹시도 아름다운 갈색이고 꼬리만 희다. 말馬처럼 보인다.

9월 12일 1531년 12월 9일, 가톨릭으로 개종한 원주민 후안 디에고는 황홀한 음악 소리에 이끌려 테페약 산으로 갔다. 산 정상에 이르자 과달루페 성모가 눈부시게 찬란한 모습으로 나타났다. 어쩌면 그건 개똥지빠귀였을 수도 있지 않을까?

9월 13일 오늘 아침에는 회색과 갈색으로 이루어진 그 이름 모를 작은 새들의 솜털이 평소보다 더 보송보송해 보였다. 농가 마당에서 아장아장 걸어 다니는 병아리들인 줄 알았다.

9월 14일 성경에 이르기를, 우리는 지구 역사상 가장 심각한 대멸종의 시대를 살고 있다고 한다.

9월 15일 나는 매주 '에이스 철물점'에서 25파운드 짜리 씨앗 한 자루를 8달러가 조금 넘는 돈을 주고 사는데, 철물점 주인은 씨앗 자루를 내 차에까지 날라주고 나는 그에게 고맙다는 인사를 한다. 특별히 주목받을 일 같지도 않은데, 그때마다 나는 누군가 우리를 지켜보고 있다는 분명한 인상을 받는다.

9월 17일 무슨 일이 있었는지는 모르겠지만, 나의 작은 회색-갈색 새들이 모두 사라지고 그와 비슷한 수의 아주 통통한 회색-갈색 새들이 그 자리를 채웠다! 지붕 위 전화선에 줄지어 앉은 그 새들은 흡사 맥주병을 모아놓은 듯 보이기도 하고 한편으론 길게 늘어선 박새 무리처럼도 보인다.

9월 18일 모든 시인이 새가 되기를 열망하지만, 시인이 되기를 열망하는 새는 없다.

9월 19일 만일 내가 하루라도 새들에게 모이를 주지 않는다면, 새들은 더 이상 오지 않을 것이다! 내 삶을 되돌아보면, 오래오래 전 어느 가을날, 당시 나의 심리치료사였던 이가 말하기를, 세상에는 개인적인 문제로 받아들일 일이 아주아주 적다고 했다. 나는 아직도 이 문제를 극복하지 못하고 있는 듯하다.

9월 20일 어떤 날에는 새와 나무를 구분하기가 여간 어렵지 않다.

9월 21일 이 나라는 자유라는 원칙 위에 세워졌음
에도, 미국 헌법 어디에도 새에 대한 내용은 없다.

9월 22일 케이트와 피트는 노란 되새들을 지퍼백에
담아 냉동고에 얼려놓는다. 용도는 '그림과 사진'에
쓰기 위해서이다.

9월 23일 나는 긴 갈색 지갑을 분실했는데, 그 안에
는 신용 카드, 체크 카드, 수표책, 수표 장부, 비디오
대여점 회원 카드, 오스코 회원 카드, 그랜드 유니언
회원 카드, 협동조합 회원 카드, 엔진 오일 기록 카
드, 자동차 멤버십 카드, 운전면허증, 의료보험증, 현
금, 잔돈, 죽기 전에 보거나 듣고 싶은 책과 영화와
음반의 제목을 적어놓은 쪽지들, 내가 위급할 때나
길을 잃었을 때나 슬플 때 연락할 수 있는 사람들의
이름과 전화번호가 들어 있었다. 나는 그 모든 것들
이 든 기다란 갈색 지갑을 잃어버렸을 때 한 마리 새
가 된 기분을 느꼈고, 그 기분은 근사했다.

9월 24일 창턱에 앉아 저녁을 먹고 있다. 나는 닭다리를 뜯으며 나의 새들을 지켜본다. 살아 있는 새들 앞에서 죽은 새를 씹어 먹는 나. 그걸 깨닫는 순간 부끄러움을 느끼고, 나는 계속해서 먹는다.

9월 25일 만일 당신이 아는 사람들 절반이, 당신이 사랑하는 사람들의 절반이 1년 내로 죽는다면? 지난 밤 랠프와 통화하다가 그가 너무도 깊은 우울에 빠져 있어서 어쩔 줄 모르던 나는 뜬금없이 이렇게 말했다. "조류 독감에 대해 이야기해 볼까?"

(얼마 후) 슬픔sorrow이여, 그대 이름은 참새sparrow.

9월 27일 날개를 접고서.

9월 28일 기도는 이제 그만. 대신에 '스패로sparrow'
라는 단어를 최대한 많이 반복해 보자. 그러다 보면
곧 '오 스패어O Spare, 오 구해주세요 오 스패어 오 스패
어 오 스패어'라고 말하게 될 테니.

9월 29일 아이의 손안에는 새 한 마리가 있다.

(얼마 후) 집시들에겐 그 새의 이름이 있다.

다트와 드릴

내가 세상에 나와 맞이한 여섯 번째 해의 11월 18일 밤, 장식용 패널을 덧댄 우리 집 놀이방에서 오빠는 내게 연속으로 다트를 던져 내 두개골을 뚫었다. 나는 그때 오빠가 인간의 두개골에 담겨 보호받고 있는 시간과 공간의 개념을 넘어서고자 그런 시도를 했던 거라고는 생각지 않는다. 인간 두뇌의 복잡성을 그 누가 헤아릴 수 있겠는가? 그로부터 10년 뒤에는, 그러니까 1967년에는 법학 우등 학위를 소지한 24세 청년이 시간과 공간이 정복될 수 있음을 증명하기 위해 자기 오른쪽 귀에서 1인치 위 지점의 두개골을 치과용 드릴로 뚫다가 사망했다는 기사가 《뉴욕 타임스》에 실렸다. 그는 바로 한 시간 전에 LSD를 복용하여 의식이 확장된(혹은 의식이 부풀어 오른)* 상태에서 그런 이례적인 실험을 착상한 것이었다. 오빠가 내게 다트를 던진 후로 나는 의식이 계속 확장되는 상태로 살아왔지만(사람들에게 늙었다는 말을 들을 때까지 내 의식은 자라고 또 자랐다), 그래도 내 손으로 머리에 드릴을 댄 적은 한 번도 없었다. 총을 댈 생각은 해봤다. 모자를 쓰고도 다녔다. 최고의 미용사에게 머리를 맡기기도 했다. 천공술은 수술 시 천공기를 사용하여 두개골을 원반 모양으로 도려내는 의술로, 그와 유사한 형태의 도구로 갱도를 내는 채광 기술에서 파생되었다. 그러고 보면, 지구 중심으로의 여정이 어떨지 궁금증을 품어보지 않은 사람이 어디 있을 것이며 땅속으로 내려가는 길에 얻을 만한 귀중한 광석을 탐내보지 않은 사람이 어디 있으랴? 목걸이와 팔찌, 반지 들은 정복용 드릴을 사용한 그 청년을 모방하고 싶어 하는 우리의 갈망을 증명한다. 표면 아래 깊숙이 파묻혀 있는 걸 찾고, 발견하고, 캐내고, 약탈하고 싶어

---

* 이른바 사이키델릭('정신의 현현'이라는 의미) 약물로 분류되는 LSD의 주된 효과 중 하나는 '새로운 방식으로 생각하게 만든다'는 점이며 이러한 특성은 '의식의 확장'이라는 표현으로 종종 불려왔다.

하는 갈망을. 내 어머니는 늘 사슬 모양의 금팔찌를 차고 다녔는데, 아버지를 만나기 전에 좋아했던 남자에게서 받은 것이었다. 그 남자는 어머니에 대해 알고 싶어 했겠지만, 둘이 아이스크림소다를 함께 마시며 나눴던 대화들로 그가 얼마나 깊이 어머니에게 다가갔는지는 나로선 알 수 없다. 반면에 아버지가 한밤의 대화들에서 본인의 무심한 태도와 그저 내가 상상만 할 수 있는 기술로 어머니의 마음을 뚫고 들어가 그 남자보다 더 멀리까지 갔다고는 말할 수 있다. 그 후로 50년을 더 어머니의 마음을 뚫어온 아버지는 마침내 자신의 금니를 목걸이에 매달아 어머니에게 건넸고, 어머니는 그에 대해 할 말이 거의 없었으며 그 목걸이를 단 한 번도 착용하지 않는 것으로 그 말을 대신했다. 인간의 두뇌는 다른 두뇌들을 뚫고 들어가는 것에 병적으로 집착하는 것 같고, 마땅한 두뇌가 없다면 자신의 두뇌도 꽤 훌륭한 대상이 될 수 있다. 신비가 자신의 외부만이 아닌 내부에도 존재한다는 걸 알 만큼 똑똑하기만 하다면 말이다. 사실 이 세상에 자기 자신을 조사할 만한 가치가 있는 존재로 진지하게 여기는 사람들이 얼마나 적게 남아 있는지 알게 된다면 놀라지 않을 수 없을 것이며, 슬프게도 치과용 드릴을 사용한 그 청년은 저세상으로 떠났으니 한 명이 더 줄어든 셈이다. 우주 비행사와 탐사선은 다른 행성에 도착하면 늘 땅을 조금 팔 뿐이지만, 이 지구의 사막에서는 끊임없이 시추 작업이 이루어지며 어떤 광산들은 수 세기 동안 가동되어 왔다. 목에 루비색과 에메랄드색을 두른 벌새들은 시간을 가로질러, 공간을 가로질러 날아다니며 쉼 없이 꽃을 향해 그 길고 섬세한 부리를 다트처럼 던진다. 그래, 나의 오빠가 있었고, 사랑의 여름*에 삶 자체에 취해 자신이 무얼 발견하게 될지 확인하고자 전기 드릴을 전원에 연결한 청년이 있었다. 게다가, 그 문제들을 어떻게 해결하려 했는지에 관계없이 아무도 도중에 시도를 멈추지 않았다. 그 누구도 시도를 멈추면서 이제는 충분하다고 말

* 히피들이 샌프란시스코에 운집하여 '사랑과 평화'라는 슬로건을 내걸고 반문화 운동을 벌인 1967년 여름을 가리킨다. LSD와 같은 사이키델릭 약물이 각광받기도 했다.

하지 않았으며, 이 모든 일들은 우리를 몸서리치게
만들 뿐이다.

줌으로 확대한 마운드빌*

만일 당신이 아주, 아주 작다면, 요정보다 작다면,
땅속 신령이나 정령보다도 작다면, 그런데 질 안에
살고 있다면, 페니스가 그곳에 들어올 때마다 자연
재해와 같은 난리가 나겠지. 찬장에 있던 접시가 떨
어져 깨지고, 가구들은 방 저쪽 끝까지 미끄러지겠
지. 나중에는 치우는 데 오랜 시간이 걸리겠지.

* 저자는 미국 원주민들의 매장지로 사용되었던 앨라배마 주 마운드빌
Moundville에서 줌 렌즈가 달린 카메라로 둔덕mound들의 사진을 확대해
서 찍었던 기억이 떠올라 이 같은 제목을 붙이게 되었다고 한다. 여성의
불두덩이 영어로 'pubic mound' 혹은 'mound of Venus'로 불리기에 꽤 기
발하면서도 그럴듯한 제목으로 보인다.

어떤 여자가

누군가 나에게 첫 월경을 기억하는지 묻는다면(어떤 여자가 그걸 잊을 수 있겠는가?) 나는 발레 스튜디오에 딸린 탈의실에서의 어느 오후를 떠올릴 것이다. 나는 그곳에서 분홍색과 검은색으로 된 옷을 입고 발레를 배우는 12명의 수강생 가운데 하나였고, 조금 전까지 거울 앞에서 러시아인 선생의 목소리가 휘두르는 채찍에 격렬하게 춤을 추다가 이제는 탈의실의 낮은 벤치에 앉아 토슈즈를 벗고 있었다. 발목에 감긴 긴 리본을 풀고 있자니, 나의 보이지 않는 발가락들이 어떤 새로운 방식으로 으깨어진 듯한 신비한 기분이 들었다. 사랑이 고통보다 위대하고, 헌신은 아무리 잔혹한 행위도 견뎌낼 수 있으며, 나는 그것을 감내할 수 있다는 생각에 토대를 둔 방식으로. 양쪽 토슈즈의 뭉툭한 코 안쪽에 댄 양털 뭉치는 그야말로 피투성이가 되어 있었다. 붉게 젖은 채, 이미 검고 당혹스런 자줏빛으로 변해가고 있었다.

나와 함께한 알들*

신비 중의 신비는 함부로 입에 담을 만한 것이 아니었다. 밤이면 밤마다 우리는 짐작만 했을 뿐 절대 묻지는 않았다. 그것은 우리가 세상을 향해 나아가고 있다는 의미였다. 이따금 발작적인 몸서리와 함께 우리 중 하나가 떠났고, 그건 무활동 상태의 끝이었다. 그들의 미래엔 세상을 직접 배울 기회와, 버터와, 설탕과, 케이크와, 뼈가 있을 터였다. 그러나 우리가 밤늦도록 불을 피우며 이야기를 나누고 서로를 몹시도 좋아했던 시간들은, 우리가 바로 그곳에서 그저 함께했던 그 시간들은 다시 오지 않을 것이었다. 우리가 그 시절의 이야기를 할 일은 결코 없을 테지만, 그 시간은 그렇게 그곳에 존재했다. 한편 우리는 두

* 원제에는 물고기의 알을 가리키는 'roe'가 쓰였으며, 저자는 이 글에서 사람의 난자eggs를 떠올릴 수도 있음을 밝힌 바 있다.

80

번 다시 그런 동지를 갖지 못할 것이었다. 그 시간 속에서 우리는 문을 열어 모든 것들이 사랑에 빠져 있음을 발견했고, 그 사랑이 우리를 만들었다. 우리가 본 적 없는 햇빛은 순식간에 지나갔지만, 우리는 그 문 밖에 때가 도착했음을 알았다. 우리는 짐작만 했을 뿐 절대 묻지는 않았다. 떠난 후에 돌아와 다시 시작할 수 있을지 우리는 알지 못했다. 우리의 울음 같은 울음은 없었다. 천 번의 좋은 밤들이 있었기에 우리는 말할 필요도 없었다. 우리는 우리가 누구인지 알지 못했고, 우리가 하는 생각을 들을 뿐이었으며, 아직 아무것도 아닌 우리는 신비에 싸여 있었다. 경험해 보지도 시도해 보지도 않았던 나는 이 구세계의 저 작은 존재들에게 각자 세상에 대해 한마디씩 해달라고 감히 청해보기도 했다. 나는 간혹 그들의 일부가 넓은 물가로 다가가는 걸 지켜보았다. 그들은 한 발을 허공에 두어 멈춘 채 날카로운 눈으로 건너편을 바라보고는 하나씩 차례로 헤엄을 쳐 건넜다. 이윽고 그들 모두가 시야에서 사라지면, 나는 그들 위에서 울어대는 새들을 통해 그들이 어디에 있는지 짐작할 수 있을 뿐이었다.

큰사슴 엿보기

그리고 나는 아주 후미진 곳, '그 모든 것에서 벗어난' 곳에서 실제 모든 일이 벌어졌음을 알았다. 거기, 일렁이는 안개 속에서, 진한 녹색 이끼를 먹고 있는 큰사슴 한 마리의 모습이 소나무들 사이로 설핏 보였다. 소나무들은 그 동물의 눈썹(큰사슴에게 눈썹이 있었나?), 마치 안개와 이끼처럼 울룩불룩하고 돌출된 그 눈썹과 닮아 있었다. 그 큰사슴 주위에는 무수히 많은 다른 큰사슴들이 죽어 묻혀 있었지만, 아무도 그들을 엿보지는 않았다. (흘끗 시선을 던지기는 했지만.) 내가 피자 가게의 눈 부신 불빛 속에서 좋아하지도 않는 안초비 피자를 고른 건 그 작은 동물들이 아주 오래된 존재로서 고통받고 있는 것 같아서였다. 나는 그 피자를 집으로 가져와 입을 크게 벌려서 먹으며, 나 자신이 큰사슴이 아니고 큰사

슴이었던 적도 없으며 큰사슴이 되지도 않으리란 사
실을 통감했다. 하지만 나는 널 그렇게 기괴하고 기
이한 방식으로 사랑했었던 거란다.

잠

그녀는 한밤중에 잠이 깨어 가운을 걸치고, 수도꼭지 앞으로 가서, 물 한 잔을 받은 뒤, 창가에 선다. 우리는 그녀가 지구에 자신만 존재하는 건 아니라는 사실을 안다고 여기지만, 이 순간 그녀는, 우리의 이 불면증 환자는 다른 사람들이, 이 세상 사람들 대부분이 모두 평온히 잠들어 있으리라 생각한다. 물론 그것은 착각이다. 낮때에 하늘이 끝없이 펼쳐져 있다고 믿는 게 착각인 것처럼. 세상 모든 곳이 밤은 아니니까. 지상에서 어슴푸레한 공기를 뚫고 수직으로 100킬로미터쯤(차로 한 시간 거리) 올라가면, 그곳은 실상 모든 곳이 항상 밤이다. 그곳에서는 밤이 밤이고 또 밤인 것이다. 하지만 그 역시 착각인 게, 낮이 있어야 밤도 있을 텐데 거기엔 낮도 밤도 없기 때문이다. 그곳엔 그래서 밤이 없지만 다른 무언가가,

어둡고 끝없는 무언가가 밤과 같은 모습으로 펼쳐져 있다. 그렇다면 이 외에, 우리가 이 불면증 환자에 대해 정말로 알고 있는 것은 무엇일까? 우리는 그녀가 무슨 생각을 하는지는 몰라도 그녀가 생각하고 있다는 건 안다. 그녀의 얼굴 표정을 보면 머릿속에서 많은 일이 일어나고 있음을 알 수 있기 때문이다. 잠든 이의 얼굴을 보면 무슨 꿈인지는 몰라도 꿈을 꾸고 있음은 알 수 있듯이. 그리고 지금은 새벽 3시, 누군가는 시카고에서 깨어나고, 어떤 이는 오마하에서, 누구는 덴버에서, 미니애폴리스에서 깨어나서는 가운, 수도꼭지, 물, 창문, 믿음들, 착각들, 얼굴들, 알 수 없는 생각들을 이어간다. 그녀는 창밖 주차장에 눈이 잔잔히 내리는 광경을 바라본다. 주차된 차들과 거대한 금속 쓰레기통에 눈이 내려앉는다. 가로등이 켜지고, 한 줄기의 빛기둥이 잔잔히 내리는 눈을 밝힌다. 토끼 한 마리가 홀로 나와 있다. 토끼는 그 한밤중의 가로등 아래 눈밭에서 깡충거리다 멈추고, 깡충거리다 멈춘다. 이 토끼는, 그렇게 세상 속으로 나왔다가 세상의 그림자 속으로 사라진다.

어떤 소용돌이

교실은 어두웠고, 책상들은 모두 비어 있었다. 그리고 칠판에 적힌 문장은 자기 혼자만 남았음을 깨닫고는 겁에 질렸다. 그 문장은 누군가가 자신을 읽어주길 바랐다. 문장은 자신이 훌륭한 문장, 고귀하고 완전한 문장이라고 자부했다. 중대한 문장인지도 모른다고 생각했다. 분필 가루로 만들어지긴 했지만, 미지의 우주 중심부에 놓인 성운과 다르지 않은 어떤 소용돌이를 품고 있다고 생각했다. 하지만 아무도 읽어주지 않는다면 그걸 어떻게 확신할 수 있겠는가? 어쩌면 그 문장은 따분했기에, 그래서 모두가 불을 끄고 교실 밖으로 나갔는지도 몰랐다. 밤이 찾아왔고, 달이 함께 왔다. 문장은 칠판 위에 앉은 채로 빛을 냈다. 아름다운 광경이었지만, 아무도 그것을 읽지는 않았다.

그날에 대한 진술서

거리의 청소차가 새벽 다섯 시에 우리를 깨웠다. 우리는 멀리서 들려오는 그 소리에 처음부터 압도당했다. 밖을 내다보니 그 모습은 세상에서 가장 아름다운 유령 같았다. 청소차는 퍼레이드 차량만큼이나 크고 움직임이 느렸으며, 그 이상하고 번쩍거리는 물체가 내는 윙윙거림이 우리 앞에 당도해 있었다. 우리는 살금살금 거리로 나가서는 청소차를 따라가기 시작했다. 우리 중 한 명이 청소차가 지나간 자리에 계피를 뿌리자는 아이디어를 냈고, 다들 찬성했으며, 실제로 행동에 옮겼다. 청소 트럭이 회전하는 빳빳한 솔로 아스팔트를 닦으며 동네를 도는 동안, 우리는 구부정한 자세로 느릿느릿 따라가며 그 향신료를 뿌렸다. 그렇게 우리는 새벽 봉사를 마쳤고, 세상은 향긋하고 깨끗해졌지만, 우리가 아는 한, 잠에

서 깬 이들 중 어둠 속에서 그들을 대신해 이루어진
일에 대해 알아차린 자는 아무도 없었다.

일기

나의 아버지는 일기 농부였고, 나는 일기 농장에서
자랐다.* 키 큰 나무들의 숲으로 둘러싸인 구릉진 골
짜기 한 귀퉁이에 자리한 작은 농장이었지만, 우리
가족은 최소한 일기장 백 권과 일기책 네 편 그리고
우리가 개인적으로 사용하는 소량의 비공개 노트를
늘 보유하고 있었다. 내가 기억하기로는, 나의 할 일
은 행복해지기를 고대하는 것이었다. 아침에 안개가
걷히기 전, 학교로 이어지는 포장도로가 나올 때까
지 흙길을 족히 5킬로미터는 걸어 내려가기 전에 내
가 할 일은 헛간에 들어가 일기들을 읽는 것이었다.
학교에 가기 전에 내가 읽을 수 있는 일기는 고작 한
두 편이었지만, 아버지는 그 작은 희망조차 고마워

* 이 글은 '낙농dairy'과 영문 철자가 비슷한 '일기diary'를 낙농에 비유하
여 쓰였다.

했다. 어머니는 내가 숙제만 마치면 잔소리를 하지 않았다. 나는 헛간 바닥에 깔린 밀짚 위에 앉아 있곤 했는데, 갈라진 벽 틈으로 흘러든 이른 아침의 햇살은 마치 금요일 밤 불 꺼진 마을회관에서 보는 영사기 불빛 같았다. 그렇게 내가 바닥에 누워 일기를 읽는 동안, 바닥에서 날아오른 티끌만 한 지푸라기들이 그 빛줄기 속을 떠다녔다. 일기장과 그 밖의 것들을 덮는 데 사용되던 지푸라기들은 끝없는 희망의 물결 속을 둥둥 떠다녔다. 우리는 모든 일기에 이름을 붙여주었다. 사람들 대부분이 일기는 다 똑같다고 생각하지만, 나는 일기가 하나의 단순한 문장에서 자물쇠와 열쇠를 갖춘 완전한 사건으로 자라나는 걸 지켜본 경험을 통해 모든 일기는 저마다 다르며 우리와 마찬가지로 고유한 이름을 가질 자격이 있음을 알게 되었다. 물론, 일기들에는 일반적인 특성이 있었다. 모든 일기가 소란보다는 고요를 선호하고, 대개 양지가 아닌 음지에서 가장 행복해하는 것이 사실이니까. 하지만 어떤 일기들은 혼자 있기를 좋아하는 반면 어떤 일기들은 다른 일기들과 함께 있고자 하는 욕구를 지녔고, 어떤 일기들은 당신이 말 한마디만 건네도 자리를 뜨는 반면 어떤 일기들은 줄곧 이야기를 나누고 싶어 하는 것 또한 사실이다. 당신은 베시를 보면 놀랄 것이다. 베시는 태어날 때부터 내가 키운 일기로, 목도리를 둘렀을 때 가장 좋은 모습을 보였다. 어느 날 아침 나의 긴 털목도리를 벗어서 베시에게 둘러주기 전까지, 베시는 도저히 감당하기 어려운 존재였다. 평소에는 인내심이 강하고 타협적이던 어머니는 딸이 목도리도 없이 학교에 갔다는 말을 듣고선 헛간으로 들어가 베시의 목도리를 벗기려 했지만 뜻대로 되지 않았다. 어머니는 나와 달리 일기들에 동질감을 느끼지 않았다. 그날 밤 어머니는 내 앞에서 입술을 깨물며 참았고, 그 후로 계속 나의 맞춤법을 두고 나를 들볶았다. 그리고 그로부터 얼마 지나지 않아 일기들의 수가 줄기 시작했다. 아버지와 같은 소규모 농장주들은 균일한 생산 기준에 맞추는 조건으로 정부 보조금을 받는 상업적 프랜차이즈들과 경쟁이 안 되었다. 당시 고등학교에 다니고 있었던 나는, 자신이 농부임을 자랑스러워하는 마르고 행복한 아버지가 창고에 틀어박혀 엽총에 기름칠을 하는 늙고 불안정한 사람으로 변해가는 모습을 지켜보았다. 우리의 일기들은 현저히 줄어 있었다. 집집마다 배달을 나가던 시절은 지나갔다. 우리가 직접 읽던 일기들도 사라져갔다. (결국 우리는 봄마다 일기를 프랜차이즈 상인들에게 임대하기에 이르렀고, 그들은 본인 소유의 일기들 사이에 우리의 일기들을 풀어두어 자기 일기들의 두뇌 향상을 꾀했다.) 우리가 정성을 다해 탄생을 도왔던 노트들, 부활절이 되면 널빤지로 만든 식탁에서 소리 내어 읽을 수 있도록 온 가족이 기른 노트들, 그 노트들은 시대의 변화에 끝까지 저항했으나 끝내는 아버지가 우리의 마지막 남은 노트는 죽었고 하나의 문장조차 처음부터 키워나가는 일은 수지 타산이 맞지 않는다며 시내에서 노트를 사 오겠다고 선언하는 날이 오고야 말았다. (대학에 다니던 나는 방학을 맞아 집에 와 있었다.) 그날 우리는 슬픈 식사 자리를 가졌다. 어머니가 돌아가시기 전 우리 가족의 마지막 저녁 식사였고, 아버지가 솔즈베리 사람들에게 하는 수 없이 땅을 임대하기 전 마지막 식사였다. 그런 뒤, 그러고 나서, 마지막에 이르러, 우리가 농장을 팔아넘기고 아버지는 책이 있는 시내 양로원으로 들어갈 계획을 세웠을 때, 우리에게 남은 거라곤 일기 두 권과 개 한 마리뿐이었던 그 순간에, 두 개의 기적이 일어났다. 첫 번째 기적은, 옛 방식의 일기를 되살리자는 풀뿌리 운동이 급속히 전개되면서 한 단체가 우리의 남은 일기 두 권을 비싼 값에 매입하겠다고 나선 것이었다. 두 번째 기적은, 일기가 줄어드는 과정에서 타고 남은 재에 대한 수요가 폭발한 것이었다. 한 권의 재에는 캔자스시티 크기의 도시에 공급할 만큼 풍부한 칼륨이 함유되어 있다는 사실이 입증된 것이다. 재라면 우리에게도 많았다. 내가 태어나기 전부터 헌 일기들의 내지와 표지, 가름끈과 합지를 태운 재가 우리의 허물어져 가던 헛간 구석구석에 쌓여왔으니까. 우리 농장에는 나라 전체에 공급할 만한 진짜 재가 가득했다. 그리고 그때부터 아버지는 타인의 삶에 대해 새로운 관심을 갖게 되었고, 농장은 나에게 맡겨졌다. 그리하

여 나는 재를 체로 거르는 기계를 농장에 들였고, 이
제는 재가 헛간에서 자라나는 생애를 지켜보며 살게
되었다. 재는 밤낮으로 자랐고, 나는 언제든 잠시나
마 혼자만의 시간을 가질 수 있었다. 아버지가 돌아
가신 후로는 더욱 그랬다. 지푸라기가 떠다니는 빛
줄기는 내 어린 시절의 그 황금 같은 오후들을, 할
일이라고는 그저 행복을 고대하는 것뿐이던 그때를
떠올려주었고 그렇게 나는 오랜 세월이 지난 후 이
곳 헛간에서 옛 추억에 젖었다. 일기가 병에 걸리면
우리 가족 중 하나가 밤새 모포를 뒤집어쓴 채 웅송
그리고 앉아 손전등으로 정성껏 돌보던 그날들을 떠
올리면서.

가장 별난 것

나는 만난 적 없지만 평생 독신으로 산 우리 이모 미엘은 별종이었다. 가장 별난 것은 이모의 글씨였다. 내 어머니와 자매간인 이모는 먼 곳에 살았고, 싱거 재봉틀 회사에 고용되어 사람들이 새로 나온 경이로운 전기 재봉틀을 직접 볼 수 있도록 가게 앞쪽에 앉아 바느질 시연을 했다. 이모는 키가 작고 지칠 줄 모르는 에너지를 지니고 있어서 모두들 그 일이 천직이라고 말했다. 지나가던 모든 여자와 이모 본인뿐 아니라 (언젠가 어머니가 내게 해준 말에 따르면) 모든 남자들까지도 선망했던 그 반짝이는 재봉틀로 바느질을 하지 않는 시간에, 이모는 우리에게 긴 편지를 썼다. 목요일에 도착하는 이모의 편지는 동네 사람들의 주목을 받았다. 미엘 이모의 글씨는 너무나 커서 아무도 읽을 수 없었다. 아예 읽을 수 없는 건 아니었지만 쉽게, 혹은 평범한 방식으로는 읽을 수 없었다. 언니와 내가 길 아래쪽에 미엘 이모의 편지를 정성스럽게 펼쳐놓으면, 어머니는 그 편지를 읽기 위해 우리가 살던 공동 주택의 지붕 위로 올라가야 했다. 내가 여섯 살 때 가장 좋아했던 놀이 중 하나는 그 편지의 알파벳 글자 O 안에 들어가 눕는 것이었다. 그 글자는 내 머리부터 발까지 완벽하게 에워쌌고, 비록 아무 의미 없는 놀이였지만 나는 행복하게 O에서 O로 돌아다녔다. 가끔은 'soon'의 경우처럼 O 두 개가 연달아 있으면 깡충 뛰어서 건너갔다. T를 더 좋아했던 언니는 그 글자에 맞추어 양팔을 벌리고 누운 채로 지붕 위의 어머니를 향해 눈을 깜빡거렸다. 'Tom'이라는 단어가 나올 때면 언니와 나는 자신의 글자 위에 나란히 누웠고, 그러면 언니의 손이 내 머리에 닿곤 했다. 미엘 이모는 종이를 구하느라 늘 애를 먹었다. 대공황 때는 특히 더 그랬는데, 그래도 직업이 있어서 수급이 가능했다. 이모는 정육점에 갈 때마다(어머니가 해준 말에 따르면 미엘은 민스트포크*를 잘하기로 유명했다) 고기 포

장지를 두루마리째 사다가 둥글게 말려 있는 종이를
길게 길게 풀어 싱거 재봉틀 가위로 잘라 낱장으로
만든 뒤 자신이 해야 할 말이 다 들어갈 만큼 풀로
이어 붙여서 그 위에 편지를 썼다. 그보다 작게는 쓸
수가 없는 듯했다. 어머니는 미엘이 작은 아이였을
때(사실 미엘은 나중에도 아주 크게 자라진 않았지
만) 미엘과 그녀의 글씨가 집안의 걱정거리였다고
말했다. 미엘은 글씨를 처음 배울 때부터 엄청 거대
하게 썼던 것이다. 학교에 입학한 첫날, 미엘은 눈에
눈물이 가득 고인 채로 앞에 놓인 작은 종이를 내려
다보고 있었다. 그렇게 작은 종이에는 글씨를 쓸 수
없었으니까. 친절하신 선생님이 미엘에게 몽당 분필
을 쥐여 주며 칠판에 글씨를 쓰게 해주었지만, 한두
주 만에 미엘의 글씨가 칠판을 벗어나기 시작하자
선생님의 친절은 동이 났고, 미엘은 처음에는 작은
자로, 그다음엔 큰 자로 체벌을 받다가 급기야는 배
젓는 노처럼 생긴 무시무시한 막대기로 맞기 시작했

* 돼지고기를 곱게 갈아서 다진 양파와 섞어 빚은 뒤 빵가루를 묻혀 튀
겨내는 요리.

다. 하지만 미엘이 땅바닥에 글씨를 쓰기 시작한 날부터는 도저히 그녀를 막을 수가 없어서, 결국 학교에서도 그냥 내버려둘 수밖에 없었다. 이내 학교 복도 바닥은 미엘의 글씨로 뒤덮였고, 선생님들은 그 글자들을 읽고 고쳐주고 점수를 매긴 후 관리인을 불러 걸레로 닦아내게 했다. 미엘이 졸업장을 받았을 즈음엔 글씨들이 더 이상 커지지 않고 내가 O자 속에 아기처럼 눕곤 했던 때 본 그 크기에 머물렀다. 슬프게도, 이모의 글자들은 오래 간직하기엔 너무 길었다. 가끔은 길이가 8미터 가까이 되기도 했다. 그래서 편지를 받고 한두 시간 뒤, 남자들이 퇴근할 때가 되어 지나갈 길이 필요해지면, 어머니는 친구들과 함께 미엘 이모의 편지를 풀로 붙이기 전의 크기로 찢었고 각자 찢어진 종이를 품에 가득 안고서 집으로 돌아가 화덕에 넣고 태웠다. 그러나 이모의 편지가 도착하는 목요일은 정말 멋진 날이었다. 내가 평생 잊을 수 없는 날들이었다. 어머니가 우리 집 지붕 위에 올라가면 동네 여자들 모두가 지붕에 선 어머니를 보고 편지가 온 걸 알게 되었고, 그다음엔 집단적 읽기가 시작되었다. 여러 지붕과 비상계단, 발코니 들에서 다양한 스커트와 원피스, 앞치마가 휘날리고 창문 밖으로 사람들의 머리가 나와 있는 모습은 볼만한 구경거리였다. 그렇게 미엘 이모의 삶은 세상에 적나라하게 공개되었고, 그런 것에 아무 관심 없는 길 위의 아이들은 그저 자신의 글자를 찾아 그 안으로 들어가 행복하고 안전하며 따스한 시간을 보냈다.

어느 낭만주의 시인의 운명

어느 가정에서 태어난 H,* 그는 숙부 덕에 안락한 삶을 누렸고 교육도 잘 받았다. 상업의 세계에 발을 들였으나 은행 일도 소매업도 좋아하지 않았다. 법학 공부도 좋아하지 않았다. H가 좋아한 건 딸들이었다.** 딸들도 H를 좋아했지만 '아우프 비더젠auf wiedersehen'***이라는 말보다 더 좋아하진 않았다. 실패와 거절이 H의 정신을 비옥하게 만들어주었다. 그는 언덕을 넘고 골짜기를 가로질러 발길 닿는 대로 여기저기 돌아다니며 서정시를 지었다. 세월이 흐르며 작은 H는 큰 인물이 되었다. 사람들은 그를 찾았다. 그는 물을 뿜는 분수에 이끌렸고 바닥에 떨어진

* 독일 시인 하인리히 하이네를 가리킨다.
** 하이네는 숙부의 두 딸을 짝사랑했다.
*** 독일어로 '또 만나요'라는 뜻의 작별 인사.

물의 매력을 찬양했다. 그의 문체는 그렇게 바뀌었음에도 그것이 세상을 바꾸진 못했다. 은밀한 프랑스 돈이 그를 먹여 살렸고, 동시에 그는 독일 스파이들에게 둘러싸였다. 힘든 삶에 지친 그는 글을 모르는 여자와 7년간 어울리며 시름을 달랬다. 그 여자는 H가 마흔네 살을 맞이하도록 확신을 주었지만, 슬프게도 그 후로 그는 독일인들은 프랑스 병, 프랑스인들은 독일 병이라고 부르는 것에 걸려 침대에 갇혀 사는 신세가 되었다. 그는 사랑하는 그녀와 결혼했고, 종종 침대에서 크래커를 먹으며 냅킨에 글을 썼다. H가 죽은 후 그의 재산은 모두 미망인에게 돌아갔는데, 하나의 조건이 붙었다. H 자신의 죽음을 애도해 줄 남자가 세상에 적어도 한 명은 존재할 수 있도록 그녀가 재혼을 해야 한다는 조건이었다.

온 세상이 종이로 이루어져 있다면

당신이 굳이 이 글을 읽으려 애쓴다는 것은, 당신의 삶이 견디기 힘든 상태이며 지금 수행하는 척하려는 그 행위를 수행함으로써 마음을 다른 곳에 쏟고자 한다는 확실한 표시이다. 내가 '척한다'라고 말한 것은, 삶을 견디기 힘들다는 결론은 삶이 실재하지 않는다는 결론으로 이어지기 때문이다. 하지만 삶이 실재하지 않는다는 그 결론에 이르기 한참 전에, 우리는 독서가 실재하지 않는 행위라는 결론을 먼저 통과하게 된다. 독서란 상상의 행위이기에 실재하지 않고, 따라서 그 누구도 '실제로' 읽는 것이 아니며, 처음 읽는 법을 배운 이후로 우리는 무언가를 실제로 읽었다고 말할 수 없다. 물론 설상가상으로, 더 이상 '현실적으로도' 책 자체를 읽지 않는 것이 작금의 실태지만 말이다. 그러나 이렇게 날씨만 좋다면

야 나는 세상 그 어떤 문제도 별반 신경 쓰지 않는다. 오늘은 날씨가 좋다. 누구든 읽고 있던 책에서 시선을 들면 화창한 날씨를 똑똑히 보게 될 것이다. 나는 온종일 풀을 바라본다. 커다란 모자를 쓴 여자가 지나간다. 나는 재채기를 한다. 이따금 나는 새로 태어나는 기분을 느낀다. 그리고 그런 탄생의 순간들마다 나는 놀랍도록 풍요로운 기분에 사로잡힌다. 세상에는 나무가 너무나 많다. 세상엔 너무 많은 나무가 있으며, 너무 많은 사람들, 정말로 너무너무나 많은 사람들이 있다. 그리고 세상에는 샴푸도 많고 치약도 많으며, 오염물도, 오물도, 돌도, 풀도 너무나 많다. 풀은 정말이지 무척이나 많다. 새들도 많다. 너무 많이 날아다닌다. 굳이 세려고는 하지 말길, 세다 보면 끝이 없을 테니까. 연필과 펜도 마찬가지다. 책은 말할 것도 없다! 당신은 내가 그저 쓰는 척하고 있는 이 부분에 이르렀을까? 틀림없이 당신은 지금 내가 쓰는 척만 하고 있음을 알 수 있을 것이다. 이런 것이 바로 쓰는 척하는 모습이다. 바로 이것이. 당신 눈앞에는 그 어떤 풍경도 지나가지 않는다. 특색 없는 평원만이 펼쳐지며, 당신은 그런 음산한 하늘 아래 태어난 채 겁에 질린 한 마리 영양이다. 그런데 당신, 지금 당신도 그저 읽는 척하고 있지는 않은가? 그렇다, 나는 느낄 수 있다. 내 등에 박힌 당신의 시선을 느낄 수 있단 말이다. 영양이여, 나의 두려움을 인정한다. 읽는 척하고 있는 당신에 대한 내 두려움을 통제할 유일한 방법은 계속 쓰는 척하는 것뿐이다. 그렇게 내가 계속 쓰는 한, 당신도 계속 읽게 될 것이다. 이러한 실존이야말로 매우 위대한, 두 사람 사이에 맺어질 수 있는 가장 위대한 유대가 아닐까? 실재하는 것은 당신이 지닌 최고의 기억을 능가하지 않는가? 기억은 무가치하다. 이에 대해 당신은 잠시 멈춰 서서 깊이 생각해 본 적이 있는가? 바닷가에 서서 거대한 빗자루 같은 파도가 밀려와 반짝이는 모래알들을 모조리 쓸어내는 광경을 지켜본 기억이 있는가? 바다의 비질 소리는 어마어마해서 당신의 귓속 액체가 출렁이도록 만든다. 그건 그렇고, 당신은 해변에 왜 갔는가? 여름 독서를 위해? 그 얼마나 척하는 행위인가! 독서는 파도가 그러듯 당신의 귓속 액체를 출렁이게 할 수 없다. 한편 해안가의 모래 언덕에 자라난 풀이 길쭉하고 푸석하고 파스닙처럼 하얀빛일 때는 마치 여자의 머리칼 같다. 파스닙, 그 채소를 동글납작하게 썰어 양파 한 개, 마늘 약간과 함께 올리브유로 된 초록 웅덩이에서 살짝 튀겨내면, 한결 고급스럽고 고상하며 비싸고 희귀한 요리로 생각하도록 사람들을 속일 수 있을 것이다. 그것은 잘 요리한 토끼 고기를 먹는 경험과 다르지 않다. 토끼, 토끼라면 그에 관한 책을 써볼 수도 있을 만한 또 하나의 훌륭한 주제이다. 이를테면 세상에 책보다 토끼가 많은지, 아니면 책이 토끼보다 많은지 궁금증을 품어볼 수 있다. 어느 쪽이든, 세상이 처음 만들어진 이후에 발생한 일들은 한 마리의 산토끼라는 표본에 응축되어 있을 테니까. 그 토끼는 실재하고, 스스로 번식했으며, 파스닙과 풀을 먹었고, 철도 건널목에서 죽음을 맞이했다. 조만간 기차역시 존재를 마감하겠지만, 그 와중에도 책은 계속해서 우리들 사이에 있는 척할 듯하다. 나의 친구여, (우리가 단 한 번도 만난 적 없으며 단지 이 순간 만나고 있는 척할 뿐이라는 사실에도 불구하고 그 무엇도 내가 당신을 친구라고 부르지 못하도록 막는 건 없기에 이렇게 불러보건대,) 만일 세상이 종이로 만들어졌다면(어쩌면 정말로 그런지도 모른다) 언젠가 브라질의 열대 우림이 신나게 타올랐던 것처럼 이 세계가 몇 년간 불타올라 종내는 우리 모두 몇 무더기의 잿더미로 변해버릴 수도 있지 않을까. 마치 길 잃은 태양이 지구에 너무 가까이 다가오기라도 한 듯. 아니면 우리 중 하나가 너무 멀리 떠내려가기라도 한 듯. 그렇게 떠내려간 자의 감각 기관이 극도로 민감하여 모든 문명을, 대부분의 문학을 하나의 환상으로 여기기라도 한 듯.

사소한 개인적 문제

오랜 시간 나는 시인이었다. 그러니까, 나는 한때 시인이었다. 실은 아주 오랫동안 그러했다. 시를 지으며 살았고, 시 짓는 일에 수반되는 것을 나보다 어린 이들에게 가르치며 살았다. 정작 나 자신은 시 짓는 일에 수반되는 것이 무엇인지 알지 못했음에도. 사람들을 가르치는 것은 어느 정도의 용기와 어느 정도의 두려움을 넘어서는 일이었는데, 그 어느 정도란 그때그때 달랐으며 그 감정들이 어떤 순서로 나타나는지 말하는 게 늘 가능하지도 않았다. 어쨌든 그것은 전달하기 어려웠다. 그것을 전달하기는 갈수록 어려워졌지만, 전달은 갈수록 쉬워지기도 했고, 그것은 또한 내 일상에 혼란의 분위기를 더해주게 되었다. 일례로, 나는 그런 이야기들보다는 사람들이 나를 좋아하게끔 만들어줄 이야기들에만 관심을

둘 때가 많았다. 물론 그 사실을 절대 입 밖에 내지
는 않았다. 그저 나는 사람들이 언어를 좋아하게끔
해줄 만한 이야기들에 관심이 있다고만 말했다. 사
실 그렇게 말하는 건 어리석어 보였는데, 사람들이
언어를 좋아하건 안 좋아하건 그들은 선택의 여지
없이 언어를 사용할 수밖에 없기 때문이었다. 언어
가 아름답든 거칠든 이상하든, 사람들은 언어를 사
용할 수밖에 없었다. 그래서 나는 사람들이 세상을
좋아하도록 하고 세상 속에 살아 있게끔 해줄 이야
기들에 관심이 있을 뿐이라고 말하기도 했다. 이 또
한 어리석은 짓 같았는데, 사람들이 세상을 좋아하
건 안 좋아하건 그들은 세상 안에서 살아갈 수밖에
없기 때문이었다. 세상이 아름답든 거칠든 이상하
든, 그들은 살 수밖에 없었다. 그래요, 스스로 목숨
을 끊을 수는 있겠지만 그러면 살아 있는 것이 아니
게 되겠죠, 그때는 살아 있지 않은 상태일 거예요, 라
고 나는 말했다. 숱한 시인들이 스스로 목숨을 끊었
다. 그것은 이해하기조차 힘든 난제였지만, 때로 나
는 거의 이해할 것 같은 기분을 느꼈으며 이런 기분

또한 그 난제의 일부였다. 내가 보기에 유일하게 확실한 건, 살아 있는 동안 다른 선택권 없이 언어를 사용해야 하는 사람들에게도 나를 좋아할지 안 좋아할지에 대해서는 선택권이 있다는 사실이었다. 그건 정녕 선택의 문제였고, 나는 그 선택에 있어 사람들을 설득해 볼 수 있었다. 그리하여 내겐 그 이유, 그 무엇보다도 제일 멍청하게 들리는(그래서 내가 절대 입 밖에 내지 않은) 바로 그 이유가 실제로 제일 합당하게 여겨지기도 했다. 하지만 그럼에도, 이따금 내가 만난 사람들은 나의 말이나 행동과는 관계없이 나를 좋아하지 않는 것 같았다. 그리고 그 사람들을 외면하기란 쉽지 않았다. 그들은 나에게 도전이었으니까. 그들은 본인이 나를 좋아하지 않았다 해도 나에게 스스로를 좋아하라는 과제를 던져주었으니까. 내게 일어난 혹은 일어나지 않은 모든 일들에 상관없이 나 자신을 좋아하는 것, 그것은 도전이었다. 나는 그 도전과 마주하기 위해 시 쓰기를 중단하고야 말았다. 내가 애초에 이 세상에 태어난 이유라고 공언한 활동을 더 이상 하지 않고서도 과연 나는 스스로를 사랑할 수 있을까? 나는 이 세상에 존재할 다른 이유를 찾게 될까, 아니면 아무 일도 하지 않고 나를 좋아해 주는 사람도 없는 채로 세상에 남아 스스로를 좋아하면서 지낼 수 있을까? 나는 한번 해보기로 결심했다. 하는 일도 없고 나를 좋아해 주는 사람도 없이 세상에 존재하게 된 것이다. 그렇게 나는 스스로를 그곳에서 발견했고 그러자마자 내가 애초에 시를 쓰기 시작한 상황을 나 스스로 만들어냈었음을 깨달았다. 이제 나는 시를 쓰고자 하는 의지 없이, 유령처럼 세상을 배회할 뿐이다. 다만 손가락 끝에 불꽃을 지니고서. 나를 죽지도 살지도 않은 부단한 잔떨림의 상태로 머물게 해주는, 스트레스와 예술과 시간이라는 도깨비불로 존재토록 해주는 작은 불꽃을 손끝에 매달고서.

황혼에 대하여

한 학생의 시를 읽었는데, 그 시에서 신은 방 안을 돌아다니며 배, 꽃병, 신발 등 아무 물건이나 집어 들고는 어리둥절한 표정으로 말했다. "내가 이걸 창조했다고?" 신은 자신이 무언가를 만들었다는 사실 자체를 잊은 게 분명했다. 나는 그 시에 상을 줬다. 내가 그런 것을 판단하는 심사위원이기 때문이었다. 사실 내가 상을 수여한 대상은 그 학생이 아니라 그 시에 등장한 신이었다. 나는 알고 있었다. 언젠가는 그 학생이 과거에 자신이 쓴 그 시를 집어 들고는 어리둥절해하며 "내가 이걸 창조했다고?"라고 말하리라는 것을. 그리고 그 순간 그 학생의 온 세계가 황혼에 잠겨 있으리라는 것을. 그렇게 마침내 황혼에 빠져들면 아무런 판단도 할 수 없으리란 것을.

무한한 생쥐들의 대학

'무한 생쥐 대학'은 다른 대학들과 거의 비슷했지만 시험만큼은 달랐다. 그 시험이란 이런 것이었다. 학생들은 4개월마다 자리에 앉아 수잇* 한 덩이씩을 먹고, 씨 뱉는 용도로 제공된 작은 컵에 씨앗을 뱉은 후, 모텔용 비누를 받아 손을 씻는다. 그들 중 씨를 삼켜버린 불운한 학생은 거대하고 고독한 나무로 자라났고, 그 나무의 유일한 목적은 위에서 덮쳐올지 모르는 모든 것들로부터 캠퍼스를 막아주는 것이었다. 학장은 특히 이 나무들의 뿌리를 좋아해서 뿌리가 튼튼히 자라도록 관리했다. 하지만 그 "차가운 눈으로 익혀낸 여문 호박"(그는 학식을 과시하기 위해 스스로를 이렇게 부르곤 했다)은 어느 날 세상을 떠

---

* suet. 단단한 요리용 고기 기름. 이 글에서는 새 모이 용도로 수잇에 씨앗을 섞어 만든 수잇 케이크를 가리킨다.

났고, 그 후 얼마 지나지 않아 학교는 애도의 표시로 문을 닫았다. 나무의 뿌리들은, 길게 꼬아놓은 거대한 빵 반죽처럼 땅 위로 드러나 있던 그 나무뿌리들은 다시 시들시들한 줄기로 쪼그라들었다. 무한으로 공급된 생쥐들은, 더 이상 교육도 받지 못하고 거대한 뿌리들의 미로에서 길을 잃지도 못하게 된 채로, 지평선까지 뻗어 나갔다. 그러고 나서야 나는, 씨앗을 삼킨 그 실패자들이 그토록 사랑받아야 했던 점에 대해 늘 호기심을 품어온 사람으로서, 그곳에서 그들 사이를 배회했다. 하지만 다른 생쥐들은 그런 호기심이 없었다. 굶어 죽을 지경에 이른 그들은 3천 톤에 이르는 나무뿌리 전체를 게걸스럽게 갉아 먹기 시작했고, 그 학문적 연회의 최후 단계에 이르렀을 때 그곳은 잿더미처럼 보였다. 그리하여 나는 홀로 질문의 길을 지나가게 되었으며, 그 버려진 길에 널브러진 파괴된 개체들, 알려진 것은 거의 없으면서도 쓰인 이야기는 많은 그 개체들에서는 검은 연기가 피어오르고 있었다.

어느 별것 없는 가을 주말

당신의 집에서 아름다운 것들을 모두 치워라. 당신이 좋아하고, 사랑하고, 소중히 여기는 것들, 즉 당신이 마음을 주는 모든 것들을 치워라. 반려동물과 사람도 포함된다는 점을 명심하라. 어떤 식으로든 그것들을 상기시키는 것도 모두 치워라. 당신에게 행복이나 평온을 가져다주는 것도 모두 치워라. 당신의 삶을 상기시키는 것 또한 모두 치워라.

당신이 흉하거나, 역겹거나, 망가졌다고 느끼는 것들, 즉 당신을 괴롭게 하는 것들을 모두 남겨라. 보거나 사용할 때 불편한 마음이 드는 것을 모두 남겨라. 필요하다면, 그런 것들을 밖에서 더 들여라. 집은 이전과 같이 가득 채워져야 하며, 그 모든 것은 지저분하고 혐오스러워야만 한다. 이 공간에서, 도저히 견딜 수 없는 것들 사이에서, 60일을 살아라.

공간을 완전히 비워라. 아무것도 남기지 마라. 집을 철저히 청소하고 유리창을 닦아라. 바닥에서 자거나, 당신 몸에 꼭 맞는 얇고 깨끗한 매트리스 위에서 자라. 이 공간에서 60일을 살아라. 집에서의 주된 활동은 천장 바라보기여야 한다.

아름다운 것들을 도로 들여라. 당신이 사랑하는 소유물들, 가장 소중히 여기는 것들을 도로 들여 원래 있던 자리에 놓아라. 모든 것이 종전과 똑같아야 한다. 전에 당신이 살던 대로 살아라. 그게 불가능하다면, 새 삶을 살아라.

머릿속에서 절반쯤 쓰인 이야기들

그곳에 간 이유

그 은자가 행복한지 불행한지 알아내려는 건 부질없는 짓이었다. 메리는 방문 초기에는 자신이 그걸 알아내기 위해 온 것이라 여겼지만 날이 갈수록 그곳이 더 편안하게 느껴졌고, 그곳이 편안하게 느껴질수록 더욱더 마음 놓고 비참해질 수 있었다. 그리고 종내는 그런 의문이 부질없음을 깨닫게 되었다.

유감

그 은자는 목록을 작성하는 습관이 있었다. 그중에서 메리의 눈길을 끈 건 유감이라는 주제에 대해 작성 중인 목록이었다. 목록의 제목 아래에는, 선을 긋거나 검게 칠해서 지운 항목도 많았으나 새로운 내용 또한 추가되어 있었다. 메리는 그에게 일종의 균형을 맞추고 있는 것인지 물었고, 그가 답했다. "그럴수만 있다면! 솔직히 말하자면, 당신의 질문도 그목록에 추가하고 싶은 마음이 가득했답니다."

어릴 적 기억

긴 침묵이 흘렀고 그러는 동안 그는 갈등하고 있는
듯했다. 불현듯 그가 시선을 들어 그녀를 보았다.
"이 얘기는 가급적 빨리 해치우고 싶군요. 어렸을 적
어미 염소의 젖을 병에 담아다가 새끼 염소들에게
먹이는 일을 내가 단독으로 맡게 되었어요. 그런데
그 일을 하다가 그만 염소젖을 내 셔츠 앞자락에 쏟
고 말았지요. 애초에 셔츠 위로 작업복을 덧입었어
야 했는데 말예요. 왜 그랬는지는 기억이 안 나지만,
하필 그날 내가 가진 제일 좋은 셔츠를 입고 있었고
어쩌면 그 이유만으로도 벌을 받아 마땅했죠. 나는
즉시 화장실로 가서 셔츠에 묻은 젖 얼룩을 지우기
시작했어요. 어머니의 커다란 비누를 썼는데, 우리
집에선 어머니가 비누를 직접 만들었기 때문에 늘
비누가 넉넉했지요. 그러다가 문득 이런 생각이 들
었어요. 어머니의 비누는 염소젖으로 만든 비누이고,
나는 지금 기를 쓰고 염소젖으로 염소젖을 지우려
하고 있구나. 그때 알았죠. 어떤 것은 스스로에 대한

구제책이 될 수도 있다는 사실을요. 그 당시에는 그런 어려운 말로 생각했던 건 아니지만, 그런 생각은 내게 진지한 농담처럼 느껴졌어요. 그것이 내가 처음으로 겪은 공황 상태였죠."

환희의 순간들

한번은 메리가 그의 쇼핑 목록을 발견했다. 무지개 색상 메모 패드에서 떼어낸 분홍색 쪽지에 '송어, 스테이플러, 체리, 망치, 리본, 철사'라고 적혀 있었다. "아, 그 여름." 그가 말했다. "그 여름이었어요. 내가 매사에 완벽을 추구했던 때지요. 식료품 몇 가지만 필요해도 목록을 만들고 수정하면서 몇 시간씩 보냈어요. 그리고 상점에 가서는 극심한 공포에 시달리며 그 목록이 적힌 쪽지를 손에 꽉 쥐고 다녔죠. 혹시나 다른 사람이 계산대 줄에서 내 쇼핑 목록이 자기 것보다 덜 완벽하다는 걸 발견할지 모른다는 공포에 휩싸인 채로요."

또 한 번

메리가 그의 쇼핑 목록을 두 번째로 발견했을 때, 그것은 스티로폼 달걀 보관함에 쏙 들어간 왕란의 무게에 눌려 고정되어 있었다. 마침 은자가 그 목록을 들고 있는 그녀를 보았다. 그는 그녀의 어깨너머로 목록을 들여다보며 읽어 내려갔다. "루바브,* 장미, 게 다리, 회색 양말." 그러더니 그녀를 보며 물었다. "부인, 이 메모는 어쩌면 단편적인 토막들로 사유할 수밖에 없는 자의 운명이 아닐까요?" 메리는 당시 병을 앓고 있던 그 은자를 돌보며 얼마 안 되는 허드렛일을 하는 동안 다음과 같은 토막글들 몇 가지를 건네받았다.

* 샐러드를 비롯해 다양한 요리에 사용되는 신맛의 식용 식물.

종교

자신이 가장 충실히 지키는 습관, 자신이 가장 많이 하는 것, 자신이 가장 사랑하는 것, 그것이 바로 그 사람의 종교이다. 종교는 우선순위라는 단순한 문제 이다.

속죄

속죄가 본질이다. 우리가 살아가는 방식에는 저마다 이유가 있지 않을까? 내가 이곳에서 은둔하는 이유는 속죄이다. 정확히 말하자면, 죄를 짓지 않은 것에 대한 속죄이다.

기도

기도 없는 종교를 상상할 수 있는가? 그럼 기도란 정확히 무엇인가? 만일 내가 기도하는 중이라면 나는 집중하고 있는 것처럼 보일 것이다. 하지만 지금 내가 집중하고 있는 듯 보여도 기도 중인 것은 확실히 아니다. 그렇다면 기도에 집중한다는 것은 어떤 특징을 지니는가? 그것은, 단순하게 말하자면, 존재하지 않는 대상에 집중하는 것이라고 할 수 있을 듯하다. 우리 주님에게 올리는 기도, 미래에 대한 기도, 모든 역경을 물리치고 가망 없던 일들이 일어나도록 해달라는 기도처럼 말이다. 중요한 것은 기도의 대상이 존재하지 않는다는 사실이다. 이러한 현실에서는, 대수학이야말로 천국에 이르는 매우 좋은 방법으로 보인다.

여담

기도할 때 자신의 기도를 들을 수 없다면 참 좋을 것이다. 사람은 늘 자신이 신과 나누는 대화를 엿듣는 경향이 있기 때문이다. 마치 본인이 그 대화의 당사자가 아니기라도 한 듯.

손

나는 가톨릭 수련원에서 지낸 적이 있다. 어느 날 저녁 식사가 끝난 후, 기도를 올릴 때 장갑을 낀 손과 끼지 않은 손 중에 어느 쪽이 더 이상적인지에 대한 열띤 토론이 이루어졌다. 나는 몸에서 분리된 손이 이상적이라는 의견을 냈다.

"당신은 지금 기도하고 있나요?" 메리가 물었다.

"내 손이 기도하고 있지요."

"그 손은 무엇을 위해 기도를 하나요?"

"이대로 계속 기도하게 해달라고 기도하지요!"

다리 달린 존재들의 믿음

유사 이래 새들의 매력은 무엇이었나? 새는 추락하지 않는다는 것? 그것이 바로 다리 달린 존재들이 부러워하는 것이다. 다리 달린 존재가 노래를 부를 수 있는 한, 새가 노래를 부르든 못 부르든 달라질 것은 없다. 그러나 오직 다리 달린 존재만이 추락할 수 있다. 어쩌면 다리 달린 존재들은 추락하는 존재이기에 노래하고, 새들은 추락하지 않는 존재이기에 노래하는 것인지도 모른다. 유사 이래 새들이 지녀온 매력은 노래의 이유가 다르다는 데 있는 것이다. 그러니 이렇게 본다면, 내가 본래부터 그릇된 존재는 아님을 알 수 있다. 메리, 당신도 이제 알겠지요. 나는 다리 달린 존재이며 추락할 수 있는 존재지만, 그럼에도 불구하고 결코 그릇된 존재는 아니라는 사실을.

그의 문신

메리는 살짝 열린 작은 문 하나가 그의 왼쪽 가슴에
새겨져 있는 것을 보았다.

그의 모토

"나는 사라진다."

메리는 그 은자가 모토를 신봉한다는 걸 알게 되었다. 그는 사람들에게 이름 대신 모토를 지어주는 세상을 꿈꿨다. 그런 세상에서는 사람들이 처음 만나 자신의 모토만 말해도 대화가 술술 풀릴 것이다.

"본심을 숨길 수 있다."

"나는 쌓아 올린다."

"모든 유희에서 벗어난다."

"명예와 용맹을 지니다."

"나는 사라진다."

메리의 모토

은자는 메리와 알게 된 지 1년이 되었을 때 그녀에게 모토를 지어주었다. 그는 모토를 결정하기가 어려웠노라고 말했다. 둘이 비슷한 모토를 통해 유대감을 갖기를 원하면서도 메리에게 그녀만의 특성을 부여하고 싶었기 때문이라는 것이 그 이유였다. 마침내 그가 결정한 모토는, "나는 실망시킨다."였다.

비개인적 문제

가끔 나는 권태로 인해 멸종에 이를 지경이거나 권태를 지배적 특징으로 가진 종의 마지막 후예라는 생각이 든다. 그러니까 나에게 현대적인 것이라곤 전혀 없다. 날이 어두워지자마자 하늘을 올려다보며 이렇게 말하는, 지나치게 큰 머리만이 있을 뿐이다. "아아, 달이 떴구나, 아아!" 이것으로 저녁 활동을 끝마치는.

일요 신문

6월의 어느 일요일, 그는 신문의 서평란을 읽다가 한 작가의 공고문을 발견했다. "스페인 화가 마루하 마요(1902-1995)의 생애와 작품에 관련된 정보를 제게 제공해 주시면 감사하겠습니다." 그는 자신도 그런 글을 실어야겠다고 생각했다. 그의 이름과 생년월일을 신문에 공지하고 다른 이들이 자신의 생애와 작품에 관련된 정보를 제공해 주면 감사하겠다는 글을 실어야겠다고 생각한 것이다. 근래의 사건들로 인해 자신이 그동안 생각했던 것보다 스스로에 대한 정보가 그다지 많지 않음을 깨달은 터라, 그렇게 하면 자신에 대해 이미 알고 있는 것보다 훨씬 더 많은 것을 알게 되리라 그는 짐작했다. 그는 메리에게 말하기를, 자신이 그 근래의 사건들이 무엇인지조차 말할 수 없다는 사실이 그 증거라고 했다.

셰익스피어

앞서 서평란을 읽은 바로 그 신문에서 그는 《펭귄 셰
익스피어 전집》 광고를 보고 펭귄이 셰익스피어를
읽으려 한다니 참 신기한 일도 다 있다고 생각했다.

은밀한 사람들

우리 중에는 이중생활, 즉 두 개의 삶을 행복해하는 사람이 있고 괴로워하는 사람이 있다. 다만 괴로워하는 사람은 두 개의 삶을 살면서도 두 사람 다가 되는 것에 대한 희망을 버리지 않는다.

귀의

그 은자는 매일 아침 해가 떠오르는 시간에 달걀 프라이 하나씩을 먹었다. 어느 아침, 그는 달걀 프라이에 양념을 뿌리며 메리에게 자신이 어떻게 신앙을 갖게 되었는지 말해주었다. 자신이 20년 동안 소금과 후추를 아낌없이 써왔는데도 소금통과 후추통을 다시 채운 적이 한 번도, 단 한 번도 없었음을 깨달은 것이 계기가 되었다고 했다.

책임

신은 걸음마를 시작한 아기와 같다. 이제 막 걷기를
배운 신은 여기저기에 부딪쳐 가며 붉은빛을 발하는
표면을 만진다. 열판 위의 코일 같은, 당신의 가장 깊
은 생각의 표면을. 신은 그것의 뜨거운 맛을 봐야 한
다. 당신이 신에게 그 뜨거운 맛을 알게 해줘야 한다.

머릿속 소인

내가 알기론 체호프가 한 말인데, 행복한 사람들의 머릿속에는 망치를 든 소인이 살고 있어서 그들이 가난과 굶주림에 시달리는 존재들을 잊지 않도록 망치를 두드려 상기시킨다고 한다. 숭고한 생각이긴 하지만… 그 머릿속 소인은 '죄책감 유발 부대'의 대원이기도 하고, 정신적으로 단단한 사람이라면 아무리 비참하고 실망스럽고 끔찍한 상황 속에서도 행복할 줄 알아야 할 것이다. 따라서 그 소인은 총살시켜야 한다.

시에 대하여

시인은 야만적인 종족이라 강제로 주입하고, 제멋대로 결합시키고, 감정의 폭발을 운명으로 삼는 걸 옳게 여긴다. 두어 가지 기교만 있으면 단어들을 다룰 수 있으리라 생각한다. 나 역시 야비함을 즐기는 게 사실이다. 그러나 다섯 살 소년으로 한곳에 살던 때의 나는 시라는 단어가 존재한다는 것조차 몰랐고 시를 읽어본 적도 없었다. 그럼 그땐 뭘 했을까? 낚시를 하러 갔다! 나는 송어의 세계, 신기한 수면 아래 아다지오의 세계에서 살았다. 하나의 느릿한 세계에서. 그리고 지금 나는 그것에 대해… 몹시도 시적으로 생각한다! 그렇다면 나는 서로 완전히 다른 두 사람으로 살아온 걸까? 적어도 두 개의 세계에서는 살았던 걸까? 멀구슬나무, 계피나무, 사이프러스나무, 사철나무, 물푸레나무, 감탕나무, 그 모든 나무들에 어느 개가 똥을 싸놓았다. 시가 처한 진정한 문제는 단순하다. 그것은 시가 일상의 삶에서 벗어나야만 탄생한다는 것이다. 그리고 만일 신이 시인

여자에 대하여

내가 만난 한 21세기 프랑스 페미니스트 문학평론가는 이렇게 말했다. "애초에 남자들이 남자들의 감정을 표현하기 위해 만든 언어로 어떻게 여자들이 여자들의 감정을 표현할 수 있을까요?" 나는 그녀에게 진실을 말해주었다. 방금 그 말은 토머스 하디의 글을 그대로 인용한 발언*이라고.

* 토머스 하디의 소설 《성난 군중으로부터 멀리》에 담긴 구절.

슬픈 다수

남자가 써서 모아놓은 시들과 여자가 써서 버린 시들 중에 어떤 것이 더 많을까? 만일 더 훌륭한 시보다 덜 훌륭한 시가 많다면, 다음과 같은 생각을 해볼 수도 있겠다. 덜 훌륭한 시를 읽는 것이 더 슬플까, 아니면 그런 시를 쓰는 것이 더 슬플까?

사탕 안 주면 장난칠 거예요*

내 머리는 마치 두 눈을 파내고 그 안에 불을 밝혀둔 호박 같다. 내가 태어날 때부터 있었던 씨앗 몇 개와 긴 섬유질과 으깨어진 살덩이를 제외하면 텅 비어 있다. 그래도 누군가가, 나 자신은 분명코 아닌 사람이, 그 안에 촛불을 밝혀두었다. 그 촛불은 환히 빛난다.

* 핼러윈에 변장한 아이들이 집집마다 돌며 하는 말.

우리는 잘못 알고 있는 사실들에 대해 얼마나 상세하게 논하는가!

개인적인 삶에 대하여

어떤 이를 상상해 보라. 이 세상을 창조하고 난 뒤 목수가 되기로 결심한 이를! 나는 개인적인 삶이 필요하다고 믿게 되었다. 다시 말해, 인간의 생애를 대체할 수 있는 것은 절대 없다고 믿게 되었다.

돋보기

메리는 그 은자가 안경을 착용하지 않으며 그럴 필요도 없다는 걸 알았다. 하지만 그는 큰 돋보기 하나를 지니고 다니며 자신이 잉크로 쓴 글자들을 들여다보곤 했다. "본인이 쓴 글을 읽을 수가 없나요?" 메리가 그 돋보기를 가리키며 물었다. "아, 그건," 그가 대답했다. "내 생각들이 워낙 작아서요."

책

나도 책을 조금 읽었지만, 학자와 교수와 지식인과 산문가와 시인과 역사가와 철학자 들 중에는 내가 범접하지 못할 이들이 많다. 그들의 삶은 책이 없이는 존재하지 않았을 것이다. 그들은 걸작들을 과다하게 복용하느라 얼마나 힘들었을까! 내가 생각하는 해결책은⋯ 가급적 기억에 담을 수 있는 만큼 기억하고 나머지는 잊는 것이다. 아아아, 달이 떴구나!

섹스에 대하여

다른 애인보다 더 나은 애인이 있을 수 있는 것처럼,
금욕주의자도… 다른 금욕주의자보다… 더 뛰어날
수 있다. 이런 맥락에서, 나는 나 자신이 그 누구보
다 뛰어난 금욕주의자라고 생각한다.

뉴스

"이것 좀 봐요." 어느 날 은자가 말했다. "방금 새 지
옥이 열릴 뉴스를 읽었어요."
"그게 뭔데요?" 메리가 물었다.
"성찬식의 음식이 산성이라 궤양을 악화시킨다네요."

이라면, 그렇다면 나는 두렵다. 신이 아무도 아닌 존재이며 그 자신으로서 말씀하시는 게 아니라 그가 내 안에서 발견한 특성으로 말씀하시는 거라면, 그것은 생각만 해도 소름 끼치는 일이기 때문이다.

미술사

18세기 벨기에 브뤼주에서는, 제라르 다비드가 그린 세 폭짜리 제단화의 양쪽 날개 부분을 떼어서 팔았다. 가운데 그림과 연결된 좌우 날개 그림들을 접었다 폈다 하다 보면 제단의 촛불을 망가뜨리게 된다며 그것의 사용을 반대한 관리인의 요청에 의해서였다. 현명한 사람이었다.

가장 좋아하는 기도

주여, 제 뒤에 아무것도 없게 하소서.

어두운 기분

나는 어두운 기분일 때 땅에 눕는다. 그러면 땅속으로 졌던 해가 다시 솟아 내 등으로 들어온다. 위쪽에서는 아무것도 오지 않는다.

시간 여행

고대 이집트로 시간 여행을 한다는 것! 그것은 우리 집 문을 여는 것과 같으리라. 고대 이집트에는 죽은 척하는 데 전념한 위대한 문화가 있었으니까.

꿈

몹시도 늙은 도서관 사서는 아무것도 흡수하지 않고 모든 걸 반사하는 파란 눈의 소유자였다. 그 눈은 똑바로 쳐다볼 수가 없는, 영매나 미인 대회 여왕이 갖고 있는 파란 눈이었다. 그녀의 피부는 여러 번 접은 고운 손수건 같았고, 베이비파우더 향이 은은하게 풍겼으며, 옷깃에는 모조 다이아몬드 꽃을 달고 있었다. 사실 그녀는 제비꽃에 관한 한 세계적인 전문가였다. 그녀는 나에게 무척 친절했고, 도서관 전체를 안내해 줬는데 그 시간이 해 뜰 무렵부터 해 질 녘까지 걸렸다. 그렇게나 큰 도서관이었다. 내가 아이큐가 매우 낮은 은자에 지나지 않는 사람이라 그녀의 도서관에 있는 모든 책을 읽을 수도 없고 심지어 이해할 수도 없으며 그래서 도서관 관람 자체는 아주 훌륭했지만 기분이 조금 우울해졌다고 설명하는 동안, 그녀는 정중하게 경청해 주었다. 그녀가 시간을 허비한 것 같다는 생각에 나는 미안했다. 하지만 그녀는 더욱 정중하고 더할 수 없이 친절한 태도로 나의 오해를 풀어주기까지 했다. 그녀가 말했다.
이 책들은 아직 쓰이지도 않았는데 누가 이것들을
읽을 수 있겠어요?

꿈의 속편

바로 다음 날 밤에 그 사서가 다시 나타났다. 극히
중요한 사실을 깜빡 잊고 내게 말해주지 않았던 것
이다. 그녀는 영문학에서 제비꽃이 장미보다 더 흔
하게 등장한다면서, 이는 거의 알려지지 않은 사실
이지만 그럼에도 진실이라고 말했다. 그리고 만일
내가 이 한 토막의 정보에 대해 충분히 오랫동안 생
각해 본다면, 그것은 세상 모든 도서관의 모든 책과
그녀의 도서관에 있는 모든 책을 읽는 것과 같다고
도 했다. 그녀는 마치 내게 아스피린 한 알을 건네듯
배려와 연민이 가득한 태도로 그런 말을 해주었다.

지적 운명

언젠가 거대한 흰올빼미와 마주한 적이 있다. 그 순
간 나는 이런 일은 다시 일어나지 않을 거라고 스스
로에게 말했다. 참으로 슬픈 반응이었다. 그 새는 내
가 다른 반응을 보일 새도 없이 날아가 버렸다. 이것
은 내 지적 운명의 한 사례다. 나는 그 새에 대해 아
무것도 기억하지 못하며, 그런 일은 다시 일어나지
않았다.

곰에 대하여

그 은자는 곰이 겨울잠에서 처음 깨어날 때의 기분이 어떤지 몹시 알고 싶어 했다. 메리가 좀 더 구체적으로 설명해 달라고 하자 그는 이렇게 대답했다. "그것이 바로 내가 마음에 품고 있는 의문이에요. 곰에게 그 순간은 구체적인 순간일까요, 아니면 본질적으로 잉여의 순간일까요? 자신이 땅에 닻을 내린 거대한 존재로 여겨질까요, 아니면 대성당 안의 파리처럼 유쾌한 기분일까요?"

암에 대하여

우리는 지구의 뇌종양이다. 우리 때문에 지구는 치료법도 없이, 울분에 차서, 머리를 삭발한 채 우주를 떠돈다. 지구는 산사나무, 아카시아 나무, 네덜란드 느릅나무와 같은 단어들을 언젠가는 잃을 것이다. 그러고 나면 페리윙클이란 말도 사라질 것이다. 그래도 지구는, 의심의 여지 없이, 돌 것이다. 이웃 행성에서 들려오는 콜라병 따는 소리가 지구의 하루하루에 잠깐이나마 어떤 감각을 가져다줄 것이다. 쉬익 하고 김이 빠지는 소리를 가리켰던 단어를 지구는 기억할 것이다. 그러다 지구가 죽으면, 지구의 무덤에 눈길 한번 줄 이 있을까?

상징에 대하여

"나는 상징에 대해선 전혀 모릅니다." 그가 말했다.

나이

나이란 참으로 이상하다. 만일 우리가 온도계라면 아무도 30이 되고 싶어 하진 않을 것이다. 모두가 78이 되고 싶어 할 것이다.*

* 화씨 30도와 78도는 각각 섭씨 -1도와 25도에 해당한다.

전생

나는 전생에 확신에 찬 필립 공이었으리란 타당한 확신을 지니고 있다. 유럽에서 가장 부유한 왕자였던 그는 1467년 작은 작업실에 틀어박힌 이후로 깨진 유리 조각을 맞추며 여생을 보냈다. 그는 성 도나티앙 성당에 묻혔는데, 장례식에 인파가 구름 떼처럼 몰려들어 무수한 촛불들이 뜨거운 열기를 발산했고 결국엔 실내에 공기가 들도록 그 근사한 스테인드글라스 창문들을 박살 내야만 했다.

선물

메리가 그의 정원에 있는 무화과나무에 대해 물었다. "선물로 받았어요." 그가 대답했다. "전에 알던 여성 은자가 줬어요. 그녀는 자신이 내게 무엇을 선물하는지 정확히 알고 있었을 거예요. 당신도 알다시피, 무화과나무는 빛나는 과거를 지녔지요. 부처는 무화과나무와 친척뻘 되는 나무* 아래서 깨달음을 얻었고, 예수는 무화과나무가 열매를 맺지 못하게 했어요. 그렇다면 나는 축복을 받은 걸까요, 아니면 저주를 받은 걸까요?"

* 인도보리수는 무화과나무속에 속한다.

분재

혼자가 되어 아무 생각도 하지 않는 것, 그것은 때로 간단하지만 결코 쉬운 일이 아니다. 분재의 머리에는, 너무 늙거나 너무 작다는 이유로 이따금 특이한 행동을 하지 않는 가지란 존재하지 않는다!

꽃 꺾기

나는 개불알꽃 스무 송이를 꺾었다. 봄의 생식기인
그 꽃은 이 지역에서 멸종 위기의 식물이었다. 종이
컵에 담긴 개불알꽃은 내 책상 위에서 큰 기쁨을 주
었다. 이듬해 우리의 봄 숲에서는 그 연한 자줏빛이
보이지 않았고, 나는 더욱 큰 전율을 느꼈다.

좋아하는 소설

모든 페이지가 사탄의 숨결로 넘어가는 책! 여태껏 쓰인 책 중에서 가장 무례하고, 폭력적이며, 미쳐 있는 책, 그리고 여성 작가가 쓴 책! 무슨 책일지 짐작이 가나요? 아니, 메리, 당신은 너무 둔해서 내가 말하는 책이 《폭풍의 언덕》임을 알지 못하겠지요. 그러니 당신에게 그 책의 10장 첫 구절을 상기시켜 주어야 할까요? "은둔 생활의 멋진 서막이었다! 4주간 앓아누워 고통스럽게 뒤척였으니!"

해체론

나는《오디세이아》에서 세이렌들이 부른 노래가 실은 〈오디세이아〉*였다고 생각한다. 왜냐하면 우리 자신의 삶에 대한 이야기보다 더 매혹적이면서 끔찍한 건 없기 때문이다. 우리는 그 이야기를 듣고 싶지 않으면서도 그것을 듣기 위해서라면 무슨 짓이든 할 수 있는 것이다.

* 오디세이아는 '오디세우스의 노래'라는 뜻이다.

한 권의 책

나는 얼마나 많은 책을 읽었는가? 단 한 권만을 읽었다. 누구든 글을 읽을 줄 아는 사람은 오직 한 권의 책을 읽어온 셈이므로. 아니, 정확히 말하면 그들은 평생에 걸쳐 완성하게 될 한 권의 책을 읽고 있는 중이다. 그 책은 그들이 읽은 모든 책의 특정한 합으로, 그 책들이 읽힌 순서에 따라 쓰인다. 그 책은 결코 똑같을 수가 없는 것이, 두 사람이 똑같은 책들을 정확히 똑같은 순서로 읽을 수는 없기 때문이다. 《락스퍼 레인의 암호》를 읽고 《안나 카레니나》를 읽는 것과 《안나 카레니나》를 읽고 《락스퍼 레인의 암호》를 읽는 것에는 큰 차이가 있다. 그리고 만일 그 두 작품 사이에 《돈키호테》가 아닌 《채핑 디시로 할 수 있는 것》이 낀다면⋯. 유전학자들의 연구를 무시하려는 건 아니지만, 세상 사람들이 서로 똑같을 수 없다면 그것은 이런 이유에서가 아닐까.

문맹

문맹은 없다! 우리가 문맹이라고 부르는 사람이란 세상에서 가장 위대한 책들, 예컨대 수풀, 새, 발가락, 별과 같은 책들을 읽을 시간이 있는 자를 뜻할 뿐이다. 그러니 한 권의 책이라는 원칙은 여기에도 적용된다. 차이가 있다면 그것은 자신이 읽는 걸 이해하지 못하는 사람들과 이해하는 사람들 사이에 존재한다. 이쯤에서 나는 이런 질문을 던지고 싶다. 그 두 부류의 사람들 중 어느 쪽이 가장 큰 즐거움을 누릴까? 이것이야말로 흥미로운 질문이다.

예외

우리는 왜 신뢰할 수 없는 서술자들에 대한 이야기만 할 뿐 신뢰할 수 없는 독자들에 대한 이야기는 하지 않는가? 독자는 거리낌 없이 저자를 평가하는데, 저자는 독자를 평가할 수 없다. 물론, 성경은 예외다.

최악의 해

메리가 그에게 인생 최악의 해가 언제였는지 물었
다. "글쎄요, 별로였던 해가 두 번 있었어요. 1951년
과 1976년이었지요. 유달리 건조했던 봄이어서인지
곰보버섯을 구할 수가 없었어요."

최신 뉴스

내가 가장 최근에 겪은 공황은 그 어릴 적 염소젖 사
건 때 겪은 것과 크게 다르지 않았다. 열흘 전, 나는
내가 사브Saab 자동차 안에서 흐느끼고sob 있다는 걸
깨달았다.

어쩌면

어쩌면, 가끔 신도석에 앉아 있다 보면, 생각과는 무관한 지혜가 떠오를 수도 있다. 우리는 이에 대해 깊이 생각해 볼 필요가 있다. 예전에도 했던 생각인데, 우리가 생각하는 방식은 그리 다양하지 않다. 걱정스러운 마음이 들기 시작한 것은, 내가 생각은 덜 하고 환상은 더 많이 품는다는 점 때문이었다. 그러나 그 역시 착각이었다. 실은 모든 생각이 환상임을 나는 깨달은 것이다. 환원주의자, 구조주의자, 논리학자, 컴퓨터, 몽상가… 그들 모두가 환상에 잠겨 있다는 사실을!

최종 결과

호모 사피엔스를 다른 존재와 구분 짓는 특징에 대해서는 몇 가지 의견이 있어왔다. 하지만 나는 그 특징이 다음의 세 가지로 요약될 수 있다고 생각한다. 상징적인 사고를 할 수 있는 능력, 권태를 느낄 수 있는 능력, 그리고 시대와 장소를 막론하고 (옥수수, 야자, 사탕수수, 포도, 말린 담뱃잎, 개화한 양귀비 등에) 중독될 수 있는 능력. 이 세 가지가 인간을 인간이게끔 만드는 고결한 삼위일체라는 것이다. 이 기준에 따르면 표준의 인간이란 권태에 빠져 취해서 시를 쓰는 존재일 텐데, 이 사실은 슬프고 웃기지 않은가? 그리고 여기서 한 걸음 더 나아간다면, 그 세 가지 특징들을 증류하여 오로지 시만 남게 할 수도 있을지 모른다. 처음에는 중독되었다가 나중엔 권태를 부르는 그 상징적 사고 행위만을.

애석함

나는 내가 전자가 아니라는 사실이, 모든 입자 중에서도 가장 가벼운 전자가 아니라는 사실이, 가장 가볍고도 가벼운 질량의 전자가 아니라는 사실이, 그리고 계속해서 그러해야 한다는 사실이 애석하다.

성자들과 선원들의 삶

내가 죽은 뒤에 사람들이 내 몸을 만지고 싶어 한다면, 나는 그들이 그런 수치스러운 행동을 삼가주길 요청한다. 그러나, 내가 죽고 나서 내 목덜미에 키스하는 행동은 얼마든지 해도 좋다. 내가 살아 있을 때 사람들이 내게 그 행위를 하지 않았다는 사실에 대한 증표로서.

매장에 대하여

두 개의 무덤만이 있다. 예수의 무덤과 투탕카멘의 무덤이. 한 무덤의 돌을 치우면 모든 걸 얻게 될 것이다. 음식, 옷, 거처, 보석, 옷감, 씨앗 그리고 기름을. 순금으로 된 세상의 복제품을. 다른 무덤의 돌을 치우면 거기엔 아무것도 없을 것이다.

감사의 말

이 책에 실린 다수의 글을 처음 선보인 아래 간행물의 편집자들에게 감사의 마음을 전한다. 《디 알래스카 쿼털리 리뷰》, 《블루 메사 리뷰》, 《컨정선》, 《큐》, 《하퍼스》, 《디 아이오와 리뷰》, 《주빌랏》, 《더 미시시피 리뷰》, 《더 세네카 리뷰》, 《센텐스》, 《더 서던 리뷰》, 《스푼 리버 포이트리 리뷰》, 《서드 코스트》, 《트라이쿼털리》.

〈벤치〉는 카네기 멜런 대학교 출판부의 허가를 받아 실었다.

〈어느 낭만주의 시인의 운명〉은 91번 주간 고속 도로 변 한 식당의 테이블 매트로 사용되고 있던 종이에서 발견한 글을 살짝 바꾼 것이다. 이 글에 묘사된 시인은 하인리히 하이네(1797-1856)이다. 그 테이블 매트 위에 내 햄버거가 놓였기에, 나는 웨이트리스에게 깨끗한 테이블 매트를 '한 장' 더 달라고 부탁해야 했다. 누가 쓴 글인지는 알 수 없지만, 마침 500페이지 분량의 하이네 전기를 읽고 있었던 나는 그 글의 간결함에 매료되었다.

산문에 담긴 시인의 영혼

《가장 별난 것》은 시인이 쓴 산문집이다. 퓰리처상과 전미도서상 후보에 오른 대표작《던스》(2019년)를 비롯해 십여 권의 시집을 낸 메리 루플은《파리 리뷰》와의 인터뷰에서 시와 산문의 차이에 대해 말한다. 자신에게 시는 누가 그걸 읽을 거라고 생각하지 않고 쓰는 사적 언어인 데 반해 산문은 타인과의 소통을 전제한 공적 언어라고. 그러면서 '지극히 사적인 인물deeply private person'인 자신은 산문을 쓸 때 신경 쇠약에 걸릴 정도로 두려움을 느낀다고 토로한다. 자신의 글을 읽을 독자를 염두에 두다 보면 독자의 공감과 이해, 인정과 사랑을 얻고 싶은 작가로서의 본질적 열망을 품지 않을 수 없기 때문이다. 이 산문집의 〈어떤 소용돌이〉라는 작품에 그러한 작가의 고뇌가 잘 드러나 있다. 아무도 없는 어두운 교실, 칠판에 어떤 문장이 적혀 있다. 그 문장은 스스로가 훌륭하고 고귀하며 완전하기까지 하다고 자부하며 누군가 읽어주기를 바란다. 하지만 홀로 남겨졌음을 깨닫고는 자신이 따분한 존재여서 모두가 불을 끄고 교실 밖으로 나간 건 아닐까 하는 두려움에 사로잡힌다. 아무도 읽어주지 않는다면 존재의 가치를 확인할 수 없기 때문이다.

이 작품집은 보편적 이성에 토대를 둔 산문이라는 형식에 개별적 감성의 극단에 자리한 시의 영혼을 담아냈다는 점에서 사실적 묘사로 초현실적 이야기를 전하는 환상적 리얼리즘 문학을 연상시킨다. 여기에 실린 짤막한 글들은 논리적 설득에 적합한 형식을 갖추고 있으면서도 자유분방한 상상력에 따라 강렬하고 "별난" 목소리를 낸다. 상식과 고정 관념을 뒤집는 파격을 감행한다. 이 책의 맨 앞에 실린 〈눈〉의 예사롭지 않은 첫 문장 "눈이 내리기 시작하면, 나는 섹스를 하고 싶다."는 뒤이어 펼쳐질 참신함을 넘어 기이하다고까지 할 수 있는 이야기들의 예고편에 불과하다. 〈반려동물과 시계〉에서는 시간을 "사물의 위치 변화를 측정하는 척도"로 규정하면서 시계보다 반려동물이 시간을 더 잘 알려준다는 주장을 내놓는다. 우리가 반려동물을 보살피면서 시간에 더 주목하게 되기 때문이라는 것이다. 〈벤치〉에서는 집 뒤뜰에 놓을 벤치의 길이를 두고 남편과 대립하는데, 메리 루플에게 벤치가 필요한 건 실제로 거기 앉기 위해서가 아니라 거기에 앉은 모습을 상상하기 위해서다. 이렇듯 기발하고 파격적인 이 작품집의 글들은 〈어떤 소용돌이〉의 칠판 위에 적힌 문장처럼 미지의 우주를 떠도는 성운의 고독과 신비한 아름다움을 지녔다.

메리 루플 못지않게 지극히 사적인 인물인 나는 번역을 할 때 난제를 만나면 어떻게든 스스로 해결해보려고 애쓰는 편이지만, 이 책에서 간간이 마주한 높은 장벽들과 복잡한 미로들은 작가의 손을 잡지 않고는 벗어날 수 없는 것들이었다. 메리 루플이 컴퓨터와 스마트폰을 사용하지 않는다는 글을 접한 터라 미국의 출판사로 이메일을 보내어 문의 사항을 전달

했고, 우여곡절 끝에 작가의 답변을 받아 볼 수 있었다. 메리 루플은 이 작품집의 글들이 대부분 2005년에서 2007년 사이에 씌었고 심지어 1975년에 쓰인 작품까지 있어서 오래전 기억을 더듬어야 했다면서도 나의 질문들에 성심껏 답변해 주었다. 수개월 후 교정 작업을 진행할 때도 작가의 의도를 확인해야 할 부분들이 있어서 다시 도움을 받았다. 표제작 〈가장 별난 것〉에 소개된 미엘의 거대한 글씨처럼 이 책도 평범하지 않은 읽기를 요구하는 듯하다. 미엘의 편지를 읽으려면 지붕 위로 올라가야 했던 것처럼, 이 산문들은 시를 대하듯 보아야 할 것 같다.

민승남

내리는 눈처럼 무구히 시작하는 태도

"모든 시인이 새가 되기를 열망하지만, 시인이 되기를 열망하는 새는 없다." 나는 이 문장을 읽고 울었다. 얼굴을 손에 묻고 울었다. 손은 부드러운 그릇처럼 얼굴을 받아준다. 손은 얼굴을 끌어안는다.

나는 왜 울었을까? 새가 되기를 열망하지만 될 수 없는 자의 숙명이, 날개 없이 파닥이는 공중 도약이 떠올랐을까? 이런 문장은 책 한 권을 능가하는 힘을 가지고 있다. 누군가를 울게 할 수도, 다른 곳으로 날아가게 할 수도 있다.

위의 문장은 메리 루플이 쓴 탐조 일지 중 일부다. 루플은 8월 19일부터 9월 29일까지 새를 관찰하며 보고 느낀 내용을 기록한다. 어느 날은 "매 한 마리가 하늘 높이 맴돌고 있다."라고 쓰고, 어느 날은 새를 더 잘 보기 위해 오페라글라스를 샀다고 쓴다. "우리가 사랑하는 대상에는 결코 이름을 붙일 수 없는"지 묻거나, 슬픔sorrow과 참새sparrow를 번갈아 발음하며 두 발음 사이의 닮음과 다름 사이에서 서성인다. 그녀는 급기야 '참새'라는 단어에서 이런 의미를 채굴한다. "오 스패어O Spare, 오 구해주세요 오 스패어 오 스패어 오 스패어."

'참새'라는 기표에 구원을 속삭이는 소리가 깃들어 있다는 것을 알아낸 뒤 그녀는 기록하고, 나는 울었다. 슬프지 않은가? 한 단어에서 존재의 심연을 들여다보는 일, 이게 그녀의 일이다. 이 사유 과정에는 인과는 희박하지만 아름다운 당도가 있다. 메리 루플의 글은 한사코 어딘가에 도착하게 한다. 끝까지 읽으면, 내가 '이상한 슬픔' 끝에 도착한 새가 된 기분이 든다.

메리 루플은 별난 작가다. 어떻게 별난지 묻는다면 '너무 뾰족해 주머니에 구멍을 낼 수밖에 없는 별처럼' 별나다고 하겠다. 별처럼 별나다니! 그녀를 표현하는 비유로 알맞은 것 같아 혼자서는 흡족하다.

어떤 별은 너무 뾰족해서 빛난다. 빛나서 슬프다. 슬퍼서 불편하다. 불편해서 아름답다. 그러나 메리 루플은 언제라도 주머니에 넣고 싶은 별이다. 주머니가 뚫릴지라도, 아니 뚫리고 싶기에 품고 싶은 별이다. 한 존재의 뭉툭한 마음 귀퉁이를 뚫어주는 글을 만나기는 쉽지 않다. 메리 루플은 그런 일을 한다. 이게 그녀의 일이다.

메리 루플의 《나의 사유 재산》을 처음 읽은 날을 기억한다. 나는 그야말로 열광했다. 그녀의 별남 때문이다. 세상에서 구태의연한 이야기를 가장 견디지 못하는 족속이 있다면 단연 '시인'일 텐데, 메리 루플의 글은 어디 하나 진부한 곳이 없었다. 평범한 것과 진부한 것은 다르다. 메리 루플의 문장은 삶이라는 바다를 항해하는 '별난 배' 한 척 같았다. 그 배에서 내려오고 싶지 않았다. 일례로 나는 나와 직업이 같은 반려자와 살고 있는데, 그이의 가방에 일 년 넘도록 '매일' 들어 있는 책이 《나의 사유 재산》이었다.

"도대체 왜 그 책을 매일 들고 다니는 거야?"

"뇌에 자극을 주기 위해서."

물어볼 때마다 그는 이렇게 대답했다. 메리 루플의 글은 그에게 '뇌를 지압하는 용도'로 쓰인 게다. 뇌를 위한 '괄사 요법'이라고나 할까? 웃어도 좋지만 우리는 진지했다. 나 역시 새로운 것을 전혀 쓰지 못할 것 같은 기분이 들 때면 몰래 그의 가방에서 책을 꺼내 내 가방에 넣었다. 아무 페이지나 펼쳐 읽으며 킬킬거리거나 울먹이면서 사유를 재정비했다.

시 쓰기에 대한 지표를 잃어버렸다고 생각하여 허둥댈 때도 나는 메리 루플의 글을 읽는다. 방법을 알기 위해서가 아니라 잃어버린 기억을 찾기 위해서다. 그러면 새를 꿈꿨던 시간이, 팔과 다리를 날개라 믿으며 간절해지던 시간이 돌아온다. 서서히.

사실 '진짜 시인'들은 긴 글을 쓰지 못할지도 모른다. 명멸하는 별을 보라. 반짝임은 길게 일어나지 못한다. 짧고 강렬하게, 다음, 그다음으로 연결되는 징검다리처럼 빛난다. 그게 시인의 일이다. 메리 루플이 짧은 산문을 쓰는 방식을 보며 알았다. 짧은 글 위에 모자처럼 얹혀 있는 제목을 보라. 눈, 밀려난 자의 오랜 슬픔, 반려동물과 시계, 안개의 시간… 평범해 보이지만 감각적인 제목들이다. 메리 루플의 산문은 제목까지가 한 벌의 맞춤옷처럼 보인다. 어쩌면 루플에게 산문 제목은 글의 내용만큼(꼭 그만큼!) 중요할지도 모른다.

가장 진부하지 않은 방식으로 산문을 쓰는 법을 알고 싶다면 이 책을 읽어야 한다. 읽는다고 배울 순 없겠지만 맛볼 순 있다. 메리 루플은 특별하고 싶은 마음 없이 특별함에 이르는 길을 알고 있다. 그것은 욕망이 아니라 간절함에서 오는 것이리라. 21세기를 살아가는 사람들이 가장 넘치게 가진 것은 '욕망'이다. 간절함은 촌스럽게 치부되어 버려진다. 그렇지 않은가? 나는 메리 루플의 모든 문장에서 '간절한 걸기'를 느낀다. 간절함이 욕망을 앞서면, 비로소 특별해진다. 욕망 따위는 문제가 아니라는 듯 성큼성큼 걸어갈 때, 이야기는 비로소 빛난다. 가령 이 책의 아름다운 첫 문장을 보라.

"눈이 내리기 시작하면, 나는 섹스를 하고 싶다."

나는 이 문장이 내포하고 있는 의미가 아니라, 이 문장이 책을 열고 걸어 나오는 첫 순간, 내리는 눈처

럼 무구히 시작하는 태도에 반한다. 열 번이고 백 번
이고 반하고야 만다.

새가 아니면서 새가 될 수 있는 것은 고양이뿐이
다. 날아오르기 위해선 자신의 도약을 믿어야 하는
데(고양이처럼!), 대부분은 믿지 못한 채 욕망으로
부풀어 오르기만 한다. 메리 루플은 자신의 도약을
진정으로 믿는 사람이었던 것 같다. 그녀는 물고기
의 부레 같은 문장을 쓴다. 떠오르게 하고, 유영하게
하고, 공중에서 잠시 날아오르게도 한다. 무엇이든.
그게 무엇이든 메리 루플이 글에서 다루는 소재는
날아간다. 잡히지 않고, 살아서 날아간다. 그의 글엔
이런 게 들어 있다. 상상할 수 없는 곳으로 날아가는
돌멩이, "신기한 수면 아래 아다지오의 세계", 지독
한 유머, 해탈한 아기, 두려움에 떠는 신, 뒤에 아무
것도 남기지 않은 자의 등, 헛헛한 아름다움.

세상엔 두 종류의 작가가 있다. 자신의 헝클어진
모습을 보여줄 수 있는 작가와 없는 작가. 메리 루플
은 전자다. 자신의 말이 진실에 가깝다면, 산발한 채
퀭한 얼굴로 침 흘리며 울부짖는 모습을 얼마든지

보일 수 있는 작가다. 독자들은 영리해서, 그리고 영리하므로 이런 작가와 사랑에 빠질 수밖에 없다. 나는 메리 루플의 글을 '사랑하므로' 읽는다. 사랑하여 읽을 수 있는 작가가 있다는 것은 축복이다. 눈물 닦고, 눈곱 떼고, 머리 빗고, 목소리를 가다듬은 뒤 생을 이야기하는 작가는 근사할 순 있지만 사랑하고 싶어지진 않는다. 이상한 일이지. 우리는 때로 누군가의 '흠결'에 매혹된다. 흠결이야말로 그 사람 고유의 것이기 때문이다.

박연준 시인

가장 별난 것   The Most of It

지은이	메리 루플	발행처	카라칼
옮긴이	민승남	출판 등록	제2019-000004호
		등록 일자	2019년 1월 2일
초판 1쇄	2024년 4월 15일	이메일	listen@caracalpress.com
		웹사이트	caracalpress.com
편집	김리슨		
디자인	핑구르르	Printed in Seoul, South Korea.	
		ISBN 979-11-91775-09-9 03840	

CARACAL